日本語檢定考試對策

初級～高級

自動詞與他動詞

綜合問題集

副島　勉
盧　月珠　共著

鴻儒堂出版社

まえがき

　この問題集を執筆するにあたって、筆者の頭を一番悩ませたのは自動詞と他動詞をどう定義し分類するかということであった。その悩みは筆が進むほど深まり、一時は途中で執筆を諦めて放棄しようと思ったこともあった。しかし、そう悩みながらも少しずつ書き進め、いろいろな文献に接しているうちに自動詞と他動詞の全体像のようなものがおぼろげながら見えてきた。そして筆者が遅ればせながらわかったのは、従来の二項対立的な捉え方では、文脈によって意味が流動的に変わる多くの自動詞と他動詞を定義し分類することは困難だということであった。

　例えば、いくつかの例を挙げてみよう。他動詞の典型的特長だと考えられている「対象への働きかけ」をどのように規定するか。

1. 「テレビを見る」「会社を休む」「ご飯を食べる」「話を聞く」「コンピューターを壊してしまった」「窓を開ける」「水を注ぐ」等の一般に他動詞だと思われている動詞群を見た場合、その動詞の「意志性」や「対象への働きかけ」の程度は一様とは言えない。
2. 「服を着る」「風邪を引く」「包丁で手を切る」等の相手への働きかけがない再帰用法を持つ動詞をどうするか。
3. 「死を悼む」「独身生活を楽しむ」「娘の結婚を喜ぶ」等の感情動詞を他動詞と認めるのか。
4. 「人に咬みつく」「あんたに惚れた」「人に絡む」等直接受身形が作れる「ニ」格動詞をどう取り扱うのか。
5. 「摩擦が働く」「悪事を働く」「人が部屋に入る」「このかばんは物がたくさん入る」「マラソンランナーが走る」「電気が走る」等の意志性が一致しない動詞をどう取り扱うか。

　以上のように、従来の方法では自他の分類が困難なものが数多く存在するのが現状である。また現行の学校文法では、概ね移動格「を」以外の目的格「を」を取るものを他動詞としているようであるが、これも単なる慣例に過ぎず、自他についてはっきり定義づけしているわけではない。また最近、上記のような困難を克服するために、認知言語学の"プロトタイプ"という考え方を使って自動性、他動性について研究が試みられているが、この理論が日本語を母語としない日本語学習者に認知できるには、かなり高度な理解力が要求され、実践的だとは思われない。

このように、ひとたび自他を定義し分類を始めると、多くの問題が発生し、自他の泥沼にはまり込んで、いったい何のために分類しているのか不安になってくる。そこで、筆者はこの本の執筆の本来の目的である「問題集」という原点に立ち返って、次のような趣旨で自他を分類し収録した。

◆自動詞、他動詞を特に定義せず、形態的対応のある動詞（焼ける・焼く等）のみをそれぞれ有対自動詞・有対他動詞として収めた。従って「食べる」「尋ねる」「走る」等の無対自他動詞は収めていない。但し、形態的対応のある「預かる」「預ける」「授かる」「授ける」は収めた。

◆複合動詞「引っ込める」「引っ込む」「傷付く」「傷付ける」等や明らかに元の動詞の派生形（受身・可能・使役）とわかるものは収めていない。但し慣用化しているものは収めた。「流れる」「流す」「切れる」「切る」等。

◆「高まる」「高める」のような形容詞の語幹に「〜まる」「〜める」が付いて自動詞化・他動詞化するものは収めていない。但し慣用化したものは収めた。「静まる」「静める」等。

◆収録した動詞は総数224組で我々が日常生活で使用する自他動詞のほとんどを網羅した。日本語学習者にはこれで十分だと思われる。

◆収録した動詞の中には機能的に自他両方にまたがるものもある。（終わる、間違う、増す、あける、吹く、垂れる…）

◆収録した問題は、各コース概ね新しい日本語能力試験（JLPT）の級数に対応しており、できるだけ多くの文型を採用して試験の対策とした。

初・中級コース	⇒	N2、N3、N4
高級コース	⇒	N2、N1
超級コース	⇒	N1以上
習慣語コース	⇒	N1以上

　つまり、形態的な対応だけに焦点を当て、動詞の意味機能的なことにはそれほど重点を置いていない。何故なら、上述したように意味機能的なことまで考慮に入れ出すと、自他の分類が困難になるからである。また可能な限り多くの自他動詞を収録し、採用した短文もできる限り自然な口語文になるように努めた。この問題集が読者のお役に立てれば、筆者にとって最高の喜びである。

副島勉

前　言

　　在著手寫這本問題集時，讓筆者覺得最頭痛困擾的，就是要如何定義分類自動詞和他動詞這件事。隨著內容寫越多，這個困擾就越加深，曾經在半途有一度想要放棄繼續寫作的念頭。雖然這困擾不斷，卻在持續寫作，並接觸各類的文獻當中，有點朦朧地看到了自動詞和他動詞的整體形象結構。於是，筆者最後才了解到，用以往的自他對立觀念，若要將字義隨文章脈絡之變化而產生變動的多數自動詞和他動詞作定義分類的話，是一件很困難的事。

　　那麼，就舉幾個例子來看吧！被認為是他動詞典型特色的「該動作有影響之對象（受詞）」這項，要如何規範定義呢？

1. 像「テレビを見る」「会社を休む」「ご飯を食べる」「話を聞く」「コンピューターを壊してしまった」「窓を開ける」「水を注ぐ」之類，被認為是一般他動詞，當看到在這類動詞群的情況下，動詞本身的「意志性」或「影響到對象（受詞）」的程度並不能說是一樣。
2. 像「服を着る」「風邪を引く」「包丁で手を切る」之類，不影響受詞而擁有自身用法的動詞「再歸動詞」又該如何認定呢？
3. 像「死を悼む」「独身生活を楽しむ」「娘の結婚を喜ぶ」之類的感情動詞，能認定為是他動詞嗎？
4. 像「人に咬みつく」「あんたに惚れた」「人に絡む」之類，能作成直接被動型態的「ニ」格動詞，要怎麼分類呢？
5. 像「摩擦が働く」「悪事を働く」「人間が部屋に入る」「このかばんは物がたくさん入る」「マラソンランナーが走る」「電気が走る」之類的意志無意志兩種動詞，又該如何看待呢？

　　如上述般，若照著以往的方法來分類自他動詞的話，現狀仍是存在著許多的困難。在現行學校所教的文法裡，大致上好像是把移動格「ヲ」以外的目的格「ヲ」都當成是他動詞，但這也不過只是慣例而已，而非將自他動詞作清楚的定義。此外最近，為了克服上述的困難，嘗試著使用認知語言學裡所闡述的"典型"方法論來針對自動性、他動性做研究。但是因為這個理論用在非以日文為母語的日語學習者來說，需求有日語的高度理解力，所以我不認為能產生實際的效果。

　　像這樣一旦開始將自他動詞作定義分類後，就會發生很多問題，並陷入自他動詞的泥沼，於是到底為何要分類自他動詞的不安感隨即產生。在此，筆者回歸到當

初著手寫這本書的原始目的，即所謂「問題集」的原點，依著以下的旨趣，將自他動詞作分類收錄。

◆ 不將自動詞、他動詞作特定的分類，而是將只有相對型態的動詞如（焼ける、焼く）等，個別按照成對自動詞、成對他動詞的形式來歸納。因此像「食べる」「尋ねる」「走る」等動詞，由於並沒有成對的自他動詞，就不列入此類。但是型態上有相對應的動詞，如「預かる」「預ける」「授かる」「授ける」則放在自他動詞類裡。

◆ 複合動詞如「引っ込める」「引っ込む」「傷付く」「傷付ける」之類，很明顯可以分辨是動詞原型的衍生型（被動型和使役型）的話，就不放在自他動詞類裡。但是已經慣用化的動詞如「流れる」「流す」「切れる」「切る」等，則列入自他動詞類。

◆ 像在「高まる」「高める」這類的形容詞加上「～まる」「～める」來動詞化或他動詞化的情況，是不列入在自他動詞類裡的。但是已經慣用化的動詞，例如「静まる」「静める」之類，則列入自他動詞類。

◆ 本書裡所收錄的動詞是總數共有224組，幾乎網羅了我們日常生活中所會使用到的自他動詞。對日語學習者而言，使用本書就能夠應付學習。

◆ 本書所收錄的動詞裡，也有在機能上屬於自他共同類型的動詞。例如（終わる、間違う、増す、あける、吹く、垂れる…）

◆ 本書所收錄的問題的每個程度都對應「新日本語能力檢定考試」的級數。

初級	⇒	N3，N4
中級	⇒	N2，N3
高級	⇒	N1，N2
超級	⇒	N1以上
慣用句	⇒	N1以上

也就是說，本書所強調的僅只著重在動詞型態的對應上，而非著重在動詞的意思機能上面。為什麼呢？假如連動詞的意思機能都要考慮進去的話，那麼自他動詞的分類就會變的很困難。此外，本書在能力所及的範圍，盡量收錄多數的自他動詞，所採用的短句也努力以接近自然的口語為主。如果這本問題集能對讀者有所助益的話，那麼將是作者最大的喜悅。

副島勉

前　言

　　英文的動詞裏有分及物動詞・不及物動詞二大類。同樣的日文的動詞依其動作或作用、會影響他人・他物與否可分爲自動詞和他動詞二大類。

　　依據『辭海』的解釋如下：

　　「自動詞」是指動作沒有到達他物的一種動詞。

　　「他動詞」是文法中動詞的一種、它所表示的動作必及於目的物、才能作用。例如 開門的「開」、收集郵票的「收集」、 折斷樹枝的「折斷」等。在造句或寫作文時、什麼時候用自動詞、什麼時候用他動詞、同時要注意到用某幾個助詞來配合表達、大原則是自動詞用「が」、他動詞用「を」、但有許多例外。對初學者來說、相當困擾。

　　本書内容實用、由淺入深、循序漸進、並可活用於生活和職場的實況會話、例句中譯、附練習解答。教學兩便。無論是初學者、或是想重新打好基礎者皆適用、可在最短的時間内達到最大的效果。

　　英語の動詞には自動詞・他動詞の区別があるが、日本語の動詞にもその動作が相手に作用し働きかけるか否かで概ね自他の分類ができる。『辭海』の解説に拠れば、「自動詞」は対象に働きかけない動詞、一方「他動詞」はその動作が対象に及び働きかけるものとなっている。例えば、ドアを開けるの「開ける」、切手を集めるの「集める」、枝を折るの「折る」等である。作文の際、どんな時に自動詞を使い、どんな時に他動詞を使うのか、またどんな助詞と合わせて使うのか注意を要する。一般的に自動詞の前には「が」、他動詞の前には「を」を用いるのであるが、多くの例外があって、初心者にとっては実に厄介な問題である。

　　本書は、易から難へ順を追って進み、実生活の場面に即した実用的な内容になっている。また、解答と中国語訳を付けて、教と学の両方の読者の便宜を図った。とまれ、初級者であれ改めて基礎を固めたい者であれ、短期間で最大の効果が得られるものと信じている。

盧　月珠

目　次

自動詞・他動詞一覧表（50音順・辞書形）

	自動詞		他動詞	
1	合う	合適、一致、正確	合わせる	搭配、對照、相加
2	上がる	上升、結束、登、上	上げる	提升、提高、增加
3	開く	開、開始營業	開ける	打開、鑽開、空出
4	明ける	天亮、結束、期滿	明かす	過夜、說出、揭露
5	預かる	收存、擔任、保留	預ける	寄放、托
6	当たる	相當於、撞上、照射	当てる	猜中、分配、烤曬
7	集まる	集合、聚集、集中	集める	收集、吸引、召集
8	甘える	撒嬌	甘やかす	嬌寵
9	改まる	改變、鄭重其事	改める	改變、改正、檢驗
10	現（表）れる	出現、呈現	現（表）す	表現出、表達出
11	荒れる	狂暴、失常、混亂	荒らす	損壞、使荒蕪、偷盜
12	癒える	治癒、痊癒、好了	癒やす	解除、安慰、醫治
13	生（活）きる	活、謀生、有效	生（活）かす	使存活、活用
14	浮かぶ	飄浮、浮現、發跡	浮かべる	使浮起、想起、露出
15	浮く	漂浮、高興、剩餘	浮かす	使浮起、省（錢／時間）
16	受かる	考上、及格	受ける	參加（考試）、接受
17	動く	移動、動搖、變動	動かす	使移動
18	移る	變化、遷移、染上	移す	移動、搬挪、傳染
19	写る	映現、照相	写す	拍照、抄寫
20	生まれる	出生、出現	生む	生、產出
21	埋（ず）まる	被埋上、占滿	埋（ず）める	埋起來、填滿、彌補
22	売れる	暢銷	売る	賣
23	植わる	栽植	植える	種、培養
24	起きる	起床、發生、起來	起こす	引起、叫醒
25	収（治・納・修）まる	裝進、平息、收納	収（治・納・修）める	收下、接收、交納
26	落ちる	掉下、落榜	落とす	弄丟、投下、使陷入
27	及ぶ	涉及、達到、比得上	及ぼす	影響到、帶來
28	降（下）りる	下降、下來	降（下）ろす	卸下、放下
29	折れる	折斷、拐彎、讓步	折る	折斷、折疊、讓步
30	終わる	結束、完了	終える	作完
31	帰（返）る	回去	帰（返）す	讓～回去、歸還
32	掛かる	鉤掛上、遭受、鎖上	掛ける	掛、套蓋上、使遭受
33	かがむ	彎腰、蹲下	かがめる	使彎腰

	自動詞		他動詞	
34	隠れる	躲起來	隠す	將～藏起來、隱藏
35	欠ける	缺口、不足、缺損	欠く	缺少、缺乏、損壞
36	重なる	重覆、重疊	重ねる	疊起來、反覆、多次
37	かすむ	朦朧、視線模糊	かすめる	偷、擦過、掠奪
38	かすれる	聲音沙啞、字變淡	かする	輕輕擦過、掠過
39	片付く	整理好、處理好	片付ける	整理、處理、解決
40	固まる	凝固、堅固、穩定	固める	使堅固、使安定
41	傾く	傾斜、衰落	傾ける	使傾斜、傾注
42	叶（適）う	能實現、比得上	叶える	使滿足、使目的達成
43	被さる	蓋到～上、蒙上	被せる	蓋起來、包起來
44	絡まる（絡む）	纏繞、有關聯、糾纏	絡める	使纏上、使相關
45	枯れる	枯萎、枯死、凋零	枯らす	使枯萎
46	乾く	乾、枯燥	乾かす	弄乾
47	変（代・換・替）わる	變化、更換、替代	変（代・換・替）える	改變、更改、代替
48	消える	消失、熄滅	消す	擦掉、熄掉、關掉
49	気がつく	發現、發覺、注意到	気をつける	小心、留意
50	聞こえる	聽得到	聞く	聽、打聽、詢問
51	決まる	決定、必然	決める	決定、下決心、斷定
52	切れる	斷開、中斷、用盡	切る（切らす）	切砍剪、斷絕、突破
53	極まる	達到極限、～得很	極める	到達頂點
54	くじける	受挫、挫折、沮喪	くじく	扭、挫、打敗
55	崩れる	變壞、崩潰、倒塌	崩す	拆毀、粉碎、換零錢
56	砕ける	破碎、輕鬆	砕く	弄碎、打碎
57	下る	下降、下（命令／判決）	下す	下達、做出、降低
58	覆る	翻轉、被推翻、垮台	覆す	弄翻、推翻、打倒
59	曇る	陰天、模糊	曇らす	使模糊、帶愁容
60	くるまる	裹在～裡面	くるめる	含、捲、共計、哄騙
61	加わる	加入、增加	加える	使加、添入
62	汚れる	變髒、骯髒	汚す	弄髒、敗壞、污損
63	肥える	肥胖、土地肥沃	肥やす	使肥沃、使肥胖
64	焦げる	烤焦、糊掉	焦がす	烤糊、燒焦
65	こぼれる	溢出、流出	こぼす	弄翻、使～溢出
66	込む	擁擠	込める	填裝、集中、傾注
67	凝る	僵硬、迷上、講究	凝らす	使～凝集

		自動詞		他動詞
68	転がる	滾轉、倒下、躺下	転がす	滾動、推進、弄倒
69	壊れる	壞掉、碎掉、失敗	壊す	弄壞、打破、毀掉
70	下がる	下降、下垂、後退	下げる	使～降下、提、懸掛
71	咲く	開花	咲かす（咲かせる）	使開花
72	裂（割）ける	裂開、破裂	裂（割）く	撕開、切開、分出
73	刺さる	扎在、刺入	刺す（差・射）	穿、叮、指示、點
74	授かる	被授與、受教、領教	授ける	授與、賜給、教授
75	定まる	定下來、決定	定める	把～定下來、制定
76	冷める	變涼、冷卻、減退	冷ます	弄涼、放冷、降低
77	覚める	睡醒、清醒、覺悟	覚ます	弄醒、使～醒悟
78	静まる	平息、平靜、鎮靜	静める	使安靜、使鎮靜
79	沈む	沉沒、下沉	沈める	使沉入
80	従う	服從、跟隨	従える	率領、征服
81	閉（締）まる	關閉、勒緊、節儉	閉（締）める	合上、關上
82	退く	往後退、離開	退ける	使後退、拒絕、擊退
83	焦れる	焦急	焦らす	使人焦急
84	すくむ	身體僵直、畏縮	すくめる	縮
85	透ける	透明、透見	透かす	透過～看、留出空隙
86	過ぎる	通過、逝去、過於	過ごす	生活、度過
87	進む	前進、進展	進（勧）める	使前進、進行
88	すぼむ	縮小、萎縮、癒合	すぼめる	使窄小、使收縮
89	済む	結束、完了、可應付	済ます	做完、應付
90	擦れる	摩擦、磨損	擦る	研磨、消耗、摩擦～
91	ずれる	錯位、移動、不對	ずらす	挪開、錯開
92	添う	添加、跟隨	添える	添加、附上、伴隨
93	育つ	長大、成長、發育	育てる	培養、扶養
94	備わる	具有、具備、擁有	備える	預備、準備
95	染まる	染上、受壞影響	染める	染上、沾染、著手
96	逸れる	偏離、不合、走調	逸らす	移開、使岔開、錯開
97	揃う	齊全、一致、整齊	揃える	湊齊、排整齊
98	倒れる	倒地、垮台、被滅亡	倒す	弄倒、打倒、推翻
99	絶える	斷絕、沒了、終了	絶やす	使絕滅、使斷絕
100	炊ける	煮好了、做熟了	炊く	煮飯燒菜、焚、燒
101	助かる	得救、獲救、有幫助	助ける	幫助、救助

	自動詞		他動詞	
102	携わる たずさ	從事、參加	携える たずさ	攜帶、拿、偕同
103	立つ た	站立、發生	立てる た	豎起、訂定
104	建つ た	建好	建てる た	建造、創立
105	貯まる た	積存、積壓	貯める た	積儲、儲存
106	足りる た	足夠	足す た	加、添
107	垂れる た	下垂、流	垂らす た	使～垂下、滴
108	違う ちが	錯、不同	違える ちが	弄錯
109	縮む（まる） ちぢ	縮小、縮短	縮める ちぢ	使縮短
110	散る ち	分散、落、擴散	散らす（散らかす） ち	使～分散
111	捕まる つか	被捕獲、被抓住	捕まえる つか	抓到、逮捕
112	浸（漬）かる つ	泡好、醃好、浸	浸（漬）ける つ	泡、醃
113	尽きる つ	用盡、結束	尽くす つ	盡力、效力
114	付く つ	附上、帶有	付ける つ	加、沾、點、裝
115	伝わる つた	傳入、傳導、相傳	伝える つた	傳達、轉告、傳授
116	続く つづ	繼續、持續、接連	続ける つづ	繼續做、接續
117	勤（務）まる つと つと	勝任、擔任得了	勤（務）める つと つと	工作（習慣性）、擔任
118	繋がる つな	相連、牽連、關聯	繋ぐ（げる） つな	連上、聯結、連接
119	潰れる つぶ	壓壞、倒塌、倒閉	潰す つぶ	弄碎、壓扁
120	詰まる つ	塞滿、堵塞	詰める つ	裝入、塞進
121	積もる つ	堆積、累積著	積む つ	堆、裝載、累積
122	連なる つら	成行、關聯、參加	連ねる つら	連接、排成、連同
123	出る で	出來、出現、離開	出す だ	交出、拿出
124	照る て	照射著、曬著	照らす て	照亮、參照
125	通る とお	通過、經過、暢通	通す とお	通過、引進、透過
126	退く ど	讓開	退ける（退かす） ど ど	挪開、移開
127	溶ける と	溶化	溶かす と	溶解
128	解ける と	解決、解開、解鬆	解く と	解開、解答、解除
129	届く とど	送達、到、及	届ける とど	送到、呈報、申報
130	整う ととの	整理好、完備	整える ととの	整理、準備
131	止（留）まる とど とど	停留、止於、留下	止（留）める とど とど	留下、保留、限於
132	飛ぶ と	飛翔	飛ばす と	使～飛、讓～飛起來
133	止（留）まる と と	停止、固定住、看到	止（留）める と と	使關上、停住、留下
134	泊まる と	住宿	泊める と	留宿
135	灯る とも	點著	灯す とも	點上

	自動詞		他動詞	
136	取れる	解除、出產、脫落	取る	拿、取、佔據、抓住
137	治る	治好、病好、痊癒	治す	治療
138	直る	修好、改好	直す	糾正、修改、修理
139	流れる	流動、流傳、變遷	流す	流放、流動、散佈
140	亡くなる	過世、死掉、滅亡	亡くす	失去、失掉
141	悩む	煩惱、苦惱、憂愁	悩ます	使煩惱、使憂愁
142	並ぶ	排隊、並排	並べる	把～排列、擺
143	成る	成為、完成、構成	成す	做、形成
144	鳴る	響、鳴	鳴らす	發出聲音、聞名
145	慣れる	習慣、慣於	慣らす	使習慣、使適應
146	煮える	煮好	煮る	煮
147	匂う	聞到、有香味	匂わす（匂わせる）	散發味道、暗示透露
148	逃げる	迴避、逃跑	逃がす	放掉、沒抓到、錯過
149	濁る	污濁、不鮮明	濁す（濁らせる）	使污濁、含糊其辭
150	似る	像、相似	似せる	模仿、仿造
151	抜ける	脫落、漏掉、穿過	抜く	拔掉、消除、超過
152	脱げる	（衣服、鞋子等）脫掉	脱ぐ（がす）	脫下、摘下
153	濡れる	濕潤	濡らす	沾濕
154	寝る	睡覺	寝かす（寝かせる）	使睡覺、躺下、發酵
155	ねじれる	歪曲、乖僻	ねじる	扭、寧
156	逃れる	逃避	逃す	錯過、沒抓到
157	残る	剩、留下	残す	留下、保留
158	延（伸）びる	增長、延長	延（伸）ばす	使延長、發揮
159	乗る	搭乘、趁機、參與	乗せる	刊、放在～上、裝載
160	入る	進入、加入、含有	入れる	放入、裝進、包含
161	生える	長（鬍子、植物）	生やす	使生長、留（鬍子／頭髮）
162	励む	勤勉、勤奮	励ます	鼓勵
163	禿（剥）げる（剥がれる）	剝落、脫落	剥ぐ（剥がす）	剝下、剝奪、撕掉
164	化ける	化身、變形	化かす	欺騙、迷惑
165	挟まる	夾在中間	挟む（める）	夾住
166	弾ける	破裂、綻開	弾く	彈、抵抗、防、排斥
167	始まる	～開始、緣起	始める	開始～
168	外れる	脫落、脫離、不合	外す	取下、解開、避開
169	果てる	終了、達到極點	果たす	完成、實現

		自動詞		他動詞
170	離（放）れる	離開、脱離、除去	離（放）す	放開、放掉
171	はまる	吻合、陷入、掉進	はめる	安上、戴、使～陷入
172	晴れる	放晴、心情愉快	晴らす	雪恨、消除（不快）
173	冷える	冷、變涼、疏遠	冷やす	使涼、使冷靜
174	浸る	浸泡、沉醉	浸す	把～浸泡
175	翻る	轉變、飄揚、翻過來	翻す	翻轉、改變、使飄揚
176	広がる	擴大、傳播、蔓延	広げる	打開、展開、擴大
177	増える	增加	増やす	繁殖、添加
178	吹く	（風）吹	吹かす	吸煙、擺架子
179	含まれる	含有、包含	含む	包含、含著
180	更ける（蒸ける）	夜深、蒸好	更かす（蒸かす）	熬夜、蒸
181	塞がる	堵住、關閉、佔用	塞ぐ	擋住、不舒暢、堵住
182	ぶつかる	遇見、碰撞、適逢	ぶつける	投打中、撞上、碰上
183	隔たる	距離、遠離、差距	隔てる	隔開、分開、間隔
184	減る	減少、磨損	減らす	使減少、削減
185	ぼける	發呆、糊塗、模糊	ぼかす	使糊塗、使曖昧模糊
186	滅びる	滅亡	滅ぼす	使滅亡
187	曲がる	轉彎、彎曲、歪斜	曲げる	折彎、改變、篡改
188	紛れる	混雜、注意力分散	紛らす	掩飾、蒙混過去
189	負ける	輸、差	負かす	打輸、打敗
190	交わる	交往、交叉、交際	交える	交換、夾雜
191	混じる	混合、夾雜	混ぜる	攪拌、加進
192	またがる	橫跨、騎乘	またぐ	跨過
193	間違う	弄錯、搞錯	間違える	做錯、出錯
194	まとまる	整理好、一致、集中	まとめる	整理、歸納、統一
195	惑う	躊躇、困惑、迷惑	惑わす	使困惑、欺騙
196	回る	旋繞、巡視、輪流	回す	使旋轉、傳遞、扭轉
197	見える	看得到、好像～	見る	看、照料、判斷
198	乱れる	混亂、錯亂、不平靜	乱す	弄亂、搞亂
199	満ちる	滿、充滿、到期	満たす	填滿、滿足、補充
200	見つかる	被找到、發現、看到	見つける	看慣、發現、找到
201	向く	朝、向、對、適合	向ける	朝、對
202	蒸れる	蒸透、悶熱	蒸らす	使蒸透、蒸
203	めくれる	捲起、翻動	めくる	翻、掀開、揭開

	自動詞		他動詞	
204	儲かる <small>もう</small>	賺錢、得利、得便宜	儲（設）ける <small>もう</small>	賺錢、設立、撿便宜
205	燃える <small>も</small>	燃燒、著火	燃やす <small>も</small>	使〜燃燒、使激起
206	戻る <small>もど</small>	回歸、返回、折回	戻す <small>もど</small>	歸還、使還原
207	揉める <small>も</small>	手執、發生糾紛	揉む <small>も</small>	搓揉、按摩、爭論
208	漏（れ）る <small>も</small>	漏出、遺漏、被淘汰	漏らす <small>も</small>	遺漏、漏掉、透露
209	焼ける <small>や</small>	烤熟、曬黑、燃燒	焼く <small>や</small>	烤、燒、把皮膚曬黑
210	休まる <small>やす</small>	安寧、得到休息	休める <small>やす</small>	使休息、停歇、停下
211	宿る <small>やど</small>	存在、投宿、懷孕	宿す <small>やど</small>	藏有、懷孕、留下
212	破れる（敗れる） <small>やぶ</small>	破裂、損傷、輸	破る（敗る） <small>やぶ</small>	弄破、撕破、打敗
213	止む <small>や</small>	停止、中止	止（辞）める <small>や</small>	停止、作罷、廢止
214	和らぐ <small>やわ</small>	緩和起來	和らげる <small>やわ</small>	使〜緩和
215	歪む <small>ゆが</small>	歪斜、歪曲	歪める <small>ゆが</small>	使紐歪、弄歪
216	ゆだる	煮熟	ゆでる	煮
217	緩む <small>ゆる</small>	鬆弛、緩和、放寬	緩める <small>ゆる</small>	放鬆、緩和、放慢
218	揺れる <small>ゆ</small>	搖晃、動搖、不穩定	揺らす（揺する） <small>ゆ</small>	搖動、搖晃
219	汚れる <small>よご</small>	髒	汚す <small>よご</small>	弄髒
220	寄る <small>よ</small>	靠近、順便去、偏靠	寄せる <small>よ</small>	使靠近、集中、投寄
221	分かれる <small>わ</small>	分別、分手	分ける <small>わ</small>	分開、區別
222	沸（湧）く <small>わ</small>	沸騰、燒開、激動	沸（湧）かす <small>わ</small>	燒開、使興奮、燒熱
223	渡る <small>わた</small>	傳入、度過、領到	渡す <small>わた</small>	渡、搭、讓與、交付
224	割れる <small>わ</small>	破裂、分散、除得開	割る <small>わ</small>	打破、分配、除以

初級コース

【問題1】 次の（　　　）に形態的に対応する動詞を書いてください。

自動詞		他動詞	自動詞		他動詞
1 入る	⇔	（　　　）	16 折れる	⇔	（　　　）
2 閉まる	⇔	（　　　）	17 落ちる	⇔	（　　　）
3 止まる	⇔	（　　　）	18 片付く	⇔	（　　　）
4 聞こえる	⇔	（　　　）	19 起きる	⇔	（　　　）
5 割れる	⇔	（　　　）	20 汚れる	⇔	（　　　）
6 燃える	⇔	（　　　）	21 （　　　）	⇔	掛ける
7 流れる	⇔	（　　　）	22 （　　　）	⇔	戻す
8 見つかる	⇔	（　　　）	23 （　　　）	⇔	下げる
9 外れる	⇔	（　　　）	24 （　　　）	⇔	続ける
10 揃う	⇔	（　　　）	25 （　　　）	⇔	変える
11 （　　　）	⇔	上げる	26 （　　　）	⇔	始める
12 （　　　）	⇔	見る	27 （　　　）	⇔	集める
13 （　　　）	⇔	切る	28 （　　　）	⇔	生かす
14 （　　　）	⇔	出す	29 （　　　）	⇔	立てる
15 （　　　）	⇔	消す	30 （　　　）	⇔	届ける

自動詞		他動詞	自動詞		他動詞	
31 （　　　）	⇔	治(なお)す	41 残(のこ)る	⇔	（　　　）	
32 （　　　）	⇔	当(あ)てる	42 通(とお)る	⇔	（　　　）	
33 （　　　）	⇔	足(た)す	43 倒(たお)れる	⇔	（　　　）	
34 （　　　）	⇔	並(なら)べる	44 破(やぶ)れる	⇔	（　　　）	
35 （　　　）	⇔	壊(こわ)す	45 溶(と)ける	⇔	（　　　）	
36 開(あ)く	⇔	（　　　）	46 渡(わた)る	⇔	（　　　）	
37 付(つ)く	⇔	（　　　）	47 増(ふ)える	⇔	（　　　）	
38 決(き)まる	⇔	（　　　）	48 過(す)ぎる	⇔	（　　　）	
39 売(う)れる	⇔	（　　　）	49 回(まわ)る	⇔	（　　　）	
40 焼(や)ける	⇔	（　　　）	50 減(へ)る	⇔	（　　　）	

✎ 豆知識 ✎

語尾が-aruで終わる時は自動詞で、語尾が-meruや-suや-aseruの時は他動詞である。

詞尾-aru 結束的話就是自動詞，詞尾-meru、-su、-aseru 結束的話就是他動詞。

【問題２】 次の（　　　）に絵を見て助詞の「が」か「を」を書いてください。

1. ドア（　　　）開いていますから、閉めてください。

2. 母に手紙（　　　）出します。

3. 母は怒って、私のテストの答案（　　　）破って捨てました。

4. あっ！危ない！早くガスの火（　　　）消してください。

5. 電車（　　　）出た後で、かばんを忘れたことに気（　　　）付きました。

6. みんな（　　　）降りてから、乗ってください。

7. 突然、父から電話（　　　）掛かって来たので、びっくりしました。

8. 足の傷（　　　）やっと治りました。

9. 今年の夏はハワイへ行って体（　　　）焼きました。

10. すみません、前（　　　　）通してください。

11. 家（うち）の鶏（にわとり）は毎日卵（まいにちたまご）（　　　　）生（う）みます。

12. バス停（てい）の前（まえ）に人（ひと）（　　　　）たくさん並（なら）んでいる。

13. ずっと探（さが）していた本（ほん）（　　　　）やっと見（み）つかりました。

14. 祖母（そぼ）は耳（みみ）（　　　　）よく聞（き）こえません。

15. 花に蝶々（　　　）止まっています。

16. クラスの全員（　　　）集まりました。

20

【問題３】右の図を参考にして、適当な自他動詞の変化形を書きなさい。

1. ガラスが＿＿＿＿＿います。（破）

2. 日本語の本がなかなか＿＿＿＿＿ません。（找到）

3. うっかり窓ガラスを＿＿＿＿＿しまいました。（打破）

4. 弟は目覚まし時計を＿＿＿＿＿しまいました。（弄壊）

5. 昔のラブレターを＿＿＿＿しまいました。（焼）

6. 私は毎朝6時に＿＿＿＿います。（起床）

7. 肉が＿＿＿＿よ。さあ、食べましょう！（烤熟）

8. 地震でビルが＿＿＿＿しまいました。（倒）

9. ドアがなかなか＿＿＿＿。（開）

22

10. 針に糸を＿＿＿＿＿。（穿）

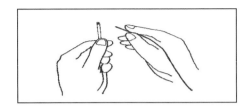

11. 彼女が突然＿＿＿＿＿しまいました。（昏倒）

12. 暖かくなって、雪が＿＿＿＿＿しまいました。（溶掉）

13. 気を付けて道を＿＿＿＿＿ましょう！（過）

14. ラジオが壊れたので、＿＿＿＿＿もらいます。（修理）

15. さっき課長に手紙を＿＿＿＿＿＿。　（交）

16. テニスの試合で、また＿＿＿＿＿＿しまいました。　（輸）

17. この市は、今も人口がずっと＿＿＿＿＿＿います。　（増加）

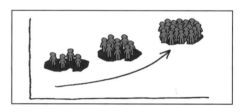

18. この店は安い魚を＿＿＿＿＿＿います。　（賣）

19. 友人を＿＿＿＿＿＿、上田さんと知り合いました。　（透過）

20. 上から二番目の引き出しを＿＿＿＿＿ください。（打開）

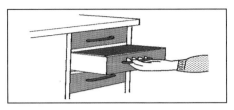

21. 皆さん、これからミーティングを＿＿＿＿＿。（開始）

22. 服が＿＿＿＿＿います。（髒）

23. うっかり服を＿＿＿＿＿しまいました。（弄髒）

24. すみません、明日の朝6時に＿＿＿＿＿ください。（叫醒）

25. あっ！お金が＿＿＿＿＿＿＿よ。（掉）

26. 冬になると、木の葉が枯れて＿＿＿＿＿＿＿。（散）

27. 公園の木の枝を＿＿＿＿＿＿＿はいけませんよ。（折斷）

28. 信号が青に＿＿＿＿＿＿＿ら、道を渡ってもいいですよ。（變）

29. 席を＿＿＿＿＿＿＿、お年寄りに譲ります。（站）

30. 机の脚が＿＿＿＿しまいました。（断）

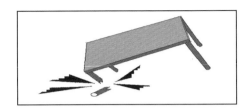

31. 国民の祝日に日の丸を＿＿＿＿。（竪）

32. 初めて宝くじが＿＿＿＿。（中）

33. ここに水を＿＿＿＿でください。（放水）

34. 火が＿＿＿＿います。（燃焼）

35. 家へ上がる時、玄関で靴を＿＿＿＿＿＿なければなりません。（脱下）

36. 私は昭和30年に＿＿＿＿＿＿。（生）

37. 本棚に日本語の本がきちんと＿＿＿＿＿＿あります。（排列）

38. この道はずっと遠くまで＿＿＿＿＿＿います。（延伸／繼續）

39. 機械の部品が＿＿＿＿＿＿しまいました。（彈出來）

40. 部屋が暗いので、電気を＿＿＿＿＿ましょう！（開燈）

41. あなたはコーヒーに砂糖を何杯＿＿＿＿＿か。（加）

42. 月は地球の周りを＿＿＿＿＿います。（繞）

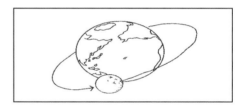

43. お金を拾ったら、交番に＿＿＿＿＿なければなりません。（報警）

44. みなさん！早く＿＿＿＿＿ください。出発しますよ。（集合）

45. 坂道を＿＿＿＿時には、足元に気を付けてください。　（下坡）

46. 私は生涯日本語の勉強を＿＿＿＿つもりです。　（繼續）

47. 休みの日は家でゆっくり音楽を＿＿＿＿います。　（聽）

48. 汚れないように、本にカバーを＿＿＿＿ほうがいいです。　（套上）

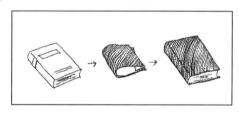

49. 私の趣味は世界の切手を＿＿＿＿ことです。　（收集）

50. 今朝、単身赴任の主人から手紙が_____。（収到）

51. 靴のサイズが_____。（不合適）

52. すみません、この荷物を_____くださいませんか。（收存）

53. 子供は無事青年に_____ました。（獲救）

54. 百歳まで_____人は珍しいですよ。（活）

55. 皆さん、先生のピアノに＿＿＿＿＿歌いましょう！（合唱）

56. 母は苦労をして、私たちを＿＿＿＿＿。（扶養）

57. 家に上がる時は、靴をきちんと＿＿＿＿＿ください。（整齊）

58. 会議が＿＿＿＿＿、ほっとしました。（結束）

59. 先輩に＿＿＿＿＿て、この本を買いました。（推薦）

60. 私は高校で数学を＿＿＿＿＿＿います。（教授）

61. 災難は＿＿＿＿＿＿ものです。（重複）

62. 雨で道に水が＿＿＿＿＿＿います。（積水）

63. みんなの声が全然＿＿＿＿＿＿。（合）

64. あっ！傘を間＿＿＿＿＿＿よ。（拿錯）

65. お金が10万円＿＿＿＿ら、自転車を買うつもりです。（存）

66. この服は洗濯しても、＿＿＿＿。（縮小）

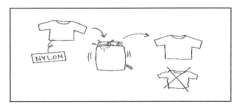

67. 犯人はすぐ現場で警察に＿＿＿＿。（抓到）

68. すみませんが、メッセージを＿＿＿＿下さいませんか。（轉告）

69. 漢字が日本に＿＿＿＿のは、ずっと昔です。（傳入）

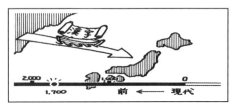

70. 犬が紐で柱に＿＿＿＿＿います。（拴）

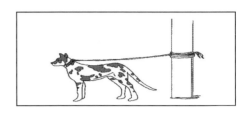

71. すみません、もっと奥に＿＿＿＿＿ください。（擠）

72. 日が＿＿＿＿＿と暑くなります。（照）

73. 父が＿＿＿＿＿ので、学校を辞めて働かなければなりません。（過世）

74. 渡り鳥が大空を＿＿＿＿＿います。（飛翔）

75. 歯を_____ら、痛くなりました。（拔）

76. 雨で体がびしょびしょに_____しまいました。（淋濕）

77. 太郎、_____で、全部食べなさい！（剩下）

78. 成績が_____ように、これから一生懸命勉強するつもりです。（提高）

79. 大事な写真を本の間に_____おきます。（夾）

80. 子供から一時も目が_____。（離開）

81. 危ないぞ！_____なさい！（離遠）

82. 今晩パーティーがあるので、冷蔵庫にビールを_____おきます。（冰）

83. 私は大きな問題に前途を_____います。（擋住）

84. この液体には水分が13％_____います。（含）

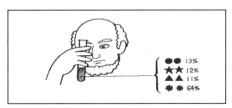

85. もしお金が＿＿＿＿ら、二人で生活していくことができません。 （用完）

86. 彼女には外国人の血が＿＿＿＿います。 （流／繼承）

87. セメントと砂利と水を＿＿＿＿と、コンクリートができます。 （攪拌）

88. 早く論文を＿＿＿＿と、卒業できません。 （歸納）

89. 好きなたばこがなかなか＿＿＿＿。 （戒）

90. 課長！一身上の都合により、会社を＿＿＿＿＿いただきます。（辭職）

91. もっと近くに＿＿＿＿＿なさい。（靠近）

92. お湯が＿＿＿＿＿いますよ。火を消してください。（開）

93. コーヒーを入れるので、お湯を＿＿＿＿＿ください。（燒）

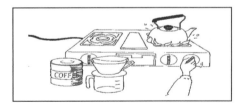

94. あなた、お願い！＿＿＿＿＿ないで！（分手）

95. 天気予報によると、午後から_____そうです。（放晴）

96. 私は市役所に_____います。（上班）

97. 試験時間が_____ずに、問題が解けませんでした。（不夠）

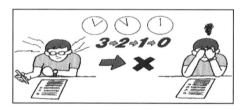

98. この機械は紙を_____のに使います。（剪）

99. 竹薮で蜂に_____しまいました。（叮）

100. 庭に菊の花が＿＿＿＿＿います。（開）

中級コース

【問題４】 下記の＿＿＿＿＿に適当な動詞の変化形を書きなさい。

例 開きます（自動詞）・開けます（他動詞）

☞ 今、部屋の窓が＿**開いて**＿います。（自）

☞ 部屋が暑いですね。窓を＿**開け**＿ましょう！（他）

1. 切れます（自）・切ります（他）

☞ この肉は、固くてなかなか＿＿＿＿＿。（自）

☞ まず肉を細かく＿＿＿＿＿ください。（他）

2. 付きます（自）・付けます（他）

☞ 赤いランプが＿＿＿＿＿ら、すぐ私を呼んでください。（自）

☞ 部屋が暑いですね。クーラーを＿＿＿＿＿ましょう。（他）

3. 売れます（自）・売ります（他）

☞ これが今当店で一番よく＿＿＿＿＿いる商品でございます。（自）

☞ 新聞は駅前やコンビニで＿＿＿＿＿いますよ。（他）

4. 集まります（自）・集めます（他）

☞ 明日の午前９時までに駅前に＿＿＿＿＿ください。（自）

☞ 私の趣味は切手を＿＿＿＿＿ことです。（他）

5. 直ります（自）・直します（他）

☞ 子供の時の癖はなかなか＿＿＿＿＿。（自）

☞ この時計、＿＿＿＿＿ば、まだ使えます。（他）

6. 治ります（自）・治します（他）

☞ 今年の風邪は＿＿＿＿にくいそうです。（自）

☞ 風邪を早く＿＿＿＿には、十分栄養を摂って休むことです。（他）

7. 壊れます（自）・壊します（他）

☞ この箱はプラスチック製ですから、落としても＿＿＿＿。（自）

☞ 俺のパソコン＿＿＿＿の、お前だろ。（他）

8. 汚れます（自）・汚します（他）

☞ 机の上が＿＿＿＿いますから、拭いてください。（自）

☞ さっき掃除したばかりだから、＿＿＿＿ないでください。（他）

9. 起きます（自）・起こします（他）

☞ 私は毎朝8時に＿＿＿＿います。（自）

☞ お母さん、明日7時に＿＿＿＿くれない？（他）

10. 変わります（自）・変えます（他）

☞ 秋の天気は＿＿＿＿やすい。（自）

☞ 課長はとても頑固で、自分の主張をなかなか＿＿＿＿。（他）

11. 並びます（自）・並べます（他）

☞ デパートの前に人が大勢＿＿＿＿います。（自）

☞ カードを番号順に＿＿＿＿ください。（他）

12. 渡ります（自）・渡します（他）

☞ 横断歩道を＿＿＿＿時は、車に気を付けましょう。（自）

☞ すみませんが、この資料を課長に＿＿＿＿ください。（他）

13. 上がります（自）・上げます（他）

☞ 物価が＿＿＿＿と、家計に響きます。（自）

☞ 価格を＿＿＿＿と、利益は増えるが客は減ります。（他）

14. 下がります（自）・下げます（他）

☞ 円の価値が＿＿＿＿と、輸出に影響がでます。（自）

☞ もっと値段を＿＿＿＿と、誰も買いませんよ。（他）

15. 降ります（自）・降ろします（他）

☞ バスを＿＿＿＿ら、そこで待っていてください。（自）

☞ 荷物を＿＿＿＿から、手伝ってくれませんか。（他）

16. 折れます（自）・折ります（他）

☞ 強風で木の枝が＿＿＿＿います。（自）

☞ 公園の木の枝を＿＿＿＿はいけません。（他）

17. 掛かります（自）・掛けます（他）

☞ 部屋の壁に祖父の写真が＿＿＿＿います。（自）

☞ 電車内で携帯電話を＿＿＿＿はいけません。（他）

18. 破れます（自）・破ります（他）

☞ この紙は丈夫でなかなか＿＿＿＿にくい。（自）

☞ 法律を＿＿＿＿と罰せられます。（他）

19. 決まります（自）・決めます（他）

☞ 日程が＿＿＿＿次第、すぐご連絡します。（自）

☞ こんな大事なことは、両親に相談してから＿＿＿＿べきです。（他）

20. 減ります（自）・減らします（他）

☞ ダイエットしてもなかなか体重が＿＿＿＿＿。（自）

☞ ごみの量を＿＿＿＿＿ために、いろいろな工夫がされています。（他）

21. 回ります（自）・回します（他）

☞ 地球は太陽の周囲を＿＿＿＿＿います。（自）

☞ この取っ手を押しながら右に＿＿＿＿＿と、お釣りが出ます。（他）

22. 過ぎます（自）・過ごします（他）

☞ 50歳を＿＿＿＿＿と、視力が衰えてきます。（自）

☞ 今年の冬はハワイで＿＿＿＿＿予定です。（他）

23. 増えます（自）・増やします（他）

☞ 最近白髪が＿＿＿＿＿きました。（自）

☞ 当社は今年店舗を10店＿＿＿＿＿計画です。（他）

24. 分かれます（自）・分けます（別れます・別れます）（他）

☞ 去年結婚したのに、今年もう＿＿＿＿＿しまいました。（自）

☞ このケーキを5人分に＿＿＿＿＿ましょう。（他）

25. 生まれます（自）・生みます（他）

☞ 私が＿＿＿＿＿のは九州の小さな島です。（自）

☞ 昨夜家の犬が子犬を5匹＿＿＿＿＿。（他）

26. 育ちます（自）・育てます（他）

☞ 私は少年時代、北海道の田舎で＿＿＿＿＿。（自）

☞ 子供を＿＿＿＿＿のは大変です。（他）

27. 曲がります（自）・曲げます（他）

☞ 右に＿＿＿＿＿＿と、郵便局があります。（自）

☞ ペンチは硬い物を握ったり＿＿＿＿＿＿りするのに使います。（他）

28. 倒れます（自）・倒します（他）

☞ 台風で街路樹が道に＿＿＿＿＿＿います。（自）

☞ あのライバルを＿＿＿＿＿＿と、決勝戦に進めません。（他）

29. 通ります（自）・通します（他）

☞ 家の近くに地下鉄が＿＿＿＿＿＿いますから便利です。（自）

☞ 友人を＿＿＿＿＿＿彼と知り合った。（他）

30. 残ります（自）・残します（他）

☞ ＿＿＿＿＿＿物に福がある。（諺）（自）

☞ 全部食べないで、妹のために＿＿＿＿＿＿おきます。（他）

31. 届きます（自）・届けます（他）

☞ 速達で出せば、二日で＿＿＿＿＿＿。（自）

☞ 引っ越ししたら、必ず役所に＿＿＿＿＿＿なければなりません。（他）

32. 立ちます（自）・立てます（他）

☞ 5時間＿＿＿＿＿＿っぱなしで授業をすると、足が疲れます。（自）

☞ 計画を＿＿＿＿＿＿から実行する。（他）

33. 生きます（自）・生かします（他）

☞ 苦難の時代を＿＿＿＿＿＿ぬく。（自）

☞ 海水魚を家庭で長期間＿＿＿＿＿＿のは難しい。（他）

34. 戻ります（自）・戻します（他）

☞ 財布を落としたら、二度と＿＿＿＿＿＿来ないでしょう。（自）

☞ 使ったら元の所に＿＿＿＿＿＿おきましょう。（他）

35. 片付きます（自）・片付けます（他）

☞ この仕事が＿＿＿＿＿＿ら、一服しましょう。（自）

☞ まず大事な仕事から＿＿＿＿＿＿ましょう。（他）

36. 落ちます（自）・落とします（他）

☞ 今年試験に＿＿＿＿＿＿ら、来年もう一回受ければいい。（自）

☞ もしこれ以上単位を＿＿＿＿＿＿ら、来年は留年だ。（他）

37. 当たります（自）・当てます（他）

☞ もし宝くじが＿＿＿＿＿＿ら、世界旅行をしたいです。（自）

☞ 洗濯物を日光に＿＿＿＿＿＿乾かす。（他）

38. 足りる（自）・足す（他）

☞ 私は一日6時間の睡眠で十分＿＿＿＿＿＿。（自）

☞ 1に2を＿＿＿＿＿＿と3になる。（他）

39. 見えます（自）・見ます（他）

☞ 天気のいい日ベランダから富士山が＿＿＿＿＿＿ことがあります。（自）

☞ 私は毎日夜9時のスポーツ番組を＿＿＿＿＿＿います。（他）

40. 揃います（自）・揃えます（他）

☞ いい人材がなかなか＿＿＿＿＿＿。（自）

☞ 靴をきちんと＿＿＿＿＿＿部屋に上がります。（他）

41. 外れます（自）・外します（他）

　☞　最近の天気予報はよく＿＿＿＿＿＿。（自）

　☞　彼をチームのメンバーから＿＿＿＿＿＿くれませんか。（他）

42. 流れます（自）・流します（他）

　☞　この川は都心を＿＿＿＿＿＿、太平洋へ出ます。（自）

　☞　トイレを使ったら、必ず水を＿＿＿＿＿＿ください。（他）

43. 燃えます（自）・燃やします（他）

　☞　燃えるゴミは月水金、＿＿＿＿＿＿ゴミは火木です。（自）

　☞　物を＿＿＿＿＿＿と、煙が立ちます。（他）

44. 割れます（自）・割ります（他）

　☞　コップが＿＿＿＿＿＿いますよ。取り換えてください。（自）

　☞　ケーキを四つに＿＿＿＿＿＿ください。（他）

45. 聞こえます（自）・聞きます（他）

　☞　皆さん、私の声が＿＿＿＿＿＿か。（自）

　☞　私の趣味はクラシック音楽を＿＿＿＿＿＿ことです。（他）

46. 閉まります（自）・閉めます（他）

　☞　今日は土曜日だから、銀行は＿＿＿＿＿＿いるはずですよ。（自）

　☞　この洗濯機はふたを＿＿＿＿＿＿と、動きませんよ。（他）

47. 泊まる（自）・泊める（他）

　☞　東京には学生が＿＿＿＿＿＿安い宿泊設備が少ないと思います。（自）

　☞　学生寮に友人を＿＿＿＿＿＿ことはできません。（他）

48. 始まる（自）・始める（他）

☞ コンサートがそろそろ＿＿＿＿＿＿＿そうですよ。行きましょう。（自）

☞ 会議を＿＿＿＿＿＿＿前に今日の資料を配ります。（他）

49. 気が付きます（自）・気を付けます（他）

☞ 先生に注意されて初めて自分の間違いに＿＿＿＿＿＿＿。（自）

☞ 海外旅行の時は、泥棒に＿＿＿＿＿＿＿ほうがいいですよ。（他）

50. 蒸ける（自）・蒸かす（他）

☞ 肉まんが＿＿＿＿＿＿＿から、食べましょう。（自）

☞ 餃子は焼いて食べても、＿＿＿＿＿＿＿食べてもおいしいです。（他）

＆ 豆知識 ＆

「～てください」「～ておく」「～てある」「意向形」「～つもりだ」「～たい」などは話し手の意志を表すから他動詞が多く使われる。

「～てください」「～ておく」「～てある」「意向形」「～つもりだ」「～たい」的句型都表示人為動作或意志，所以要使用他動詞。

目黒のさんま

【問題５】下記の（　　　　）に入る適当な動詞を＿＿＿の中から選んで、その変化形を書きなさい。

1. Ａ：なんか、部屋が寒いですね。あっ、窓が（　　　　　）いますよ。

   Ｂ：そうですね。私が（　　　　　）来ましょう。

2. あっ、時計が（　　　　　）いますね。電池が（　　　　　）かもしれません。

3. 警察：あのう、ここは駐車禁止ですよ。車を（　　　　　）でください。

   Ａ：あっ、すみません。（　　　　　）でした。

4. 『隨手關門』は日本語で、ドアを（　　　　　）ら、すぐ閉めろと言う意味です。

5. 旅行の時は、パスポートを（　　　　　）ように、十分（　　　　　）ください。

6. （駅のホームでの放送）

   まもなく扉が（　　　　　）。ご乗車の方はお急ぎください。

開きます	開けます	閉まります	閉めます
止まります	止めます	なくなります	なくします
気が付きます	気を付けます		

【問題６】下記の（　　　　）に入る適当な動詞を□□□の中から選んで、その変

　　　化形を書きなさい。

1.　先生：じゃ、授業を（　　　　　　）。皆さん、昨日の宿題を（　　　　）くだ

　　　さい。

2.　　母：家を（　　　　　　）時は必ず部屋の電気を（　　　　　）、玄関の鍵を

　　　（　　　　　　）のよ。

　　子供：うん。わかった。

3.　鈴木：ごめんください。田中さん、いますか。田中さん。鈴木ですが……変

　　　だな。家にいるはずなのに、ドアの鍵も（　　　　　　）し、部屋の電気

　　　も（　　　　　　）し、誰もいないのかなあ。

4.　学生：あっ、もうすぐ授業が（　　　　　　）から、教室に（　　　　　　）なく

　　　ちゃ。

5.　先生：使った器具は必ず元の所に（　　　　　　）ようにしてください。

　　学生：はい、わかりました。

| 始まります | 出ます | 消えます | 掛かります | 戻ります |
| 始めます | 出します | 消します | 掛けます | 戻します |

51

【問題7】下記の（　　　）に入る適当な動詞を◻︎の中から選んで、その変化形を書きなさい。

1. 田中：どこかで財布を（　　　　）しまいました。

　鈴木：ええ？ほんとうですか。いくら（　　　　）いたんですか。

　田中：8万円ぐらいです。それにクレジット・カードも……

　鈴木：それは大変ですね。早く警察に連絡したほうがいいですよ。

　田中：はい、これから近くの交番に行って来ます。

　　－翌日－

　鈴木：田中さん、財布はありましたか。

　田中：はい、おかげ様で、（　　　　　　）。昨日、交番へ行ったら、タクシーの運転手さんが駅の前に（　　　　　　）いたのを（　　　　　）、親切に交番へ持って行ってくれたんです。

　鈴木：それはよかったですね。田中さん、これから、財布にあまり大金を（　　　　　　）ほうがいいですよ。

　田中：はい、これからそうします。

入ります	落ちます	見つかります
入れます	落とします	見つけます

52

【問題8】 下記の（　　　）に入る適当な動詞を□□□の中から選んで、その変化形を書きなさい。

1.　暑中お見舞い申し上げます。毎日暑い日が（　　　）おりますが、如何お（　　　）でしょうか。遠い沖縄から東京へ夏のお便りをお（　　　）いたします。こちらは連日の晴天で、昨日は気象庁の観測が（　　　）以来の暑さだったそうです。でも、いくら暑くても東京の空にはない青い沖縄の空です。あなたにも是非お見せしたいほどの青い空です。

　　月日が経つのは早いものですね。あなたとお別れしてから、あっという間に半年が（　　　）しまいました。あなたが東京へお帰りになってから、私も何かをしなければと心に誓い、先月からフランス語の勉強などをしておりますのよ。柄にもなくなんておっしゃるかもしれませんわね。でも、（　　　）以上、一年は（　　　）つもりですの。その頃には夢の中でフランス語であなたとおしゃべりできるかもしれませんわね。

　　では、この手紙が（　　　）頃には少しはお天気も涼しくなっていることを期待しております。お体に気をつけて。

かしこ

届きます	続きます	始まります	過ぎます
届けます	続けます	始めます	過ごします

《ある種の被害を受ける他動詞について》

「足をくじく」「頭をぶつける」「お腹を壊す」「答えを間違える」「財布をなくす」等は形態的には他動詞文のようであるが、意味機能的には無意志文であり、自動詞文に近い。

バスに傘を忘れる

風邪を引く

机に頭をぶつける

足に怪我をする

「足をくじく」「頭をぶつける」「お腹を壊す」「答えを間違える」「財布をなくす」等這些動詞，型態上好像是他動詞，其實該動作機能上屬於非意志動詞，可以算是自動詞。

高級コース

【問題9】下記の下線に入る動詞の変化形を書きなさい。

1. 合（会・遭・逢）う（自）・合（会・遭・逢）わせる（他）

   ☞ サイズが＿＿＿＿＿かどうか、試着してみてください。（自）

   ☞ 昨日の忘年会での大失態、今日は上司に＿＿＿＿＿＿顔がない。（他）

2. 上がる（自）・上げる（他）

   ☞ 靴を履いたまま、部屋に＿＿＿＿＿＿でください。（自）

   ☞ 質問がある人は手を＿＿＿＿＿＿ください。（他）

3. 開く（自）・開ける（他）

   ☞ 今日は日曜日ですから、郵便局は＿＿＿＿＿＿いません。（自）

   ☞ 窓を＿＿＿＿＿＿っぱなしで寝たら、風邪を引いてしまった。（他）

4. 明ける（自）・明かす（他）

   ☞ ＿＿＿＿＿＿、おめでとうございます。（自）

   ☞ 夜を＿＿＿＿＿＿工事をする。（他）

5. 預かる（自）・預ける（他）

   ☞ 医者は患者の生命を＿＿＿＿＿＿重要な職業です。（自）

   ☞ 貴重品はフロントにお＿＿＿＿＿＿ください。（他）

6. 集まる（自）・集める（他）

   ☞ 明日午前9時までにここに＿＿＿＿＿＿ください。（自）

   ☞ 私の趣味は切手を＿＿＿＿＿＿ことです。（他）

7. 甘える（自）・甘やかす（他）

☞　この子は親に＿＿＿＿＿＿ばかりいます。（自）

☞　子供はあまり＿＿＿＿＿＿ほうがいいですよ。（他）

8. 現（表）れる（自）・現（表）す（他）

☞　この辺りは時々野生の熊が＿＿＿＿＿＿ことがある。（自）

☞　彼は喜怒哀楽をあまり＿＿＿＿＿＿としない。（他）

9. 荒れる（自）・荒らす（他）

☞　冬の乾燥した日には、肌や唇が＿＿＿＿＿＿やすい。（自）

☞　泥棒に部屋をめちゃくちゃに＿＿＿＿＿＿てしまった。（他）

10. 癒える（自）・癒す（他）

☞　戦争の深い傷跡は、なかなか＿＿＿＿＿＿ものではない。（自）

☞　音楽は現代人の心の渇きを＿＿＿＿＿＿くれる。（他）

11. 浮かぶ（自）・浮かべる（他）

☞　いい考えがなかなか＿＿＿＿＿＿来ない。（自）

☞　少女が目に涙を＿＿＿＿＿＿ながら、歌っている。（他）

12. 浮く（自）・浮かす（他）

☞　鳥の羽は水に＿＿＿＿＿＿やすい構造になっている。（自）

☞　昨夜は高熱に＿＿＿＿＿＿て、一睡もできなかった。（他）

13. 移る（自）・移す（他）

☞　風邪が＿＿＿＿＿＿ように、帰宅したら、すぐうがいをしましょう。（自）

☞　行動力がある人とは、決断した事がすぐ行動に＿＿＿＿＿＿人のことです。

（他）

14. 写る（自）・写す（他）

☞ 暗い所ではフラッシュを使わないと、よく＿＿＿＿＿＿。（自）

☞ この姉妹、まるで鏡に＿＿＿＿＿＿ようにそっくりだ。（他）

15. 生まれる（自）・生む（他）

☞ 先週、上野動物園でパンダの赤ちゃんが＿＿＿＿＿＿そうです。（自）

☞ 子供は若い時に＿＿＿＿＿＿ほうがいいと思います。（他）

16. 埋（ず）まる（自）・埋（ず）める（他）

☞ この墓の下に先祖の骨が＿＿＿＿＿＿います。（自）

☞ 下記の空欄を適当な語句で＿＿＿＿＿＿ください。（他）

17. 売れる（自）・売る（他）

☞ 商品がよく＿＿＿＿＿＿ように、目立つ所に置きましょう。（自）

☞ ＿＿＿＿＿＿以上は、完売したいですね。（他）

18. 植わる（自）・植える（他）

☞ 私の家は、あそこの松の木が＿＿＿＿＿＿所の向こうです。（自）

☞ ここは今年休耕地だから、何も＿＿＿＿＿＿で土地を休めておく。（他）

19. 起きる（自）・起こす（他）

☞ 7時に＿＿＿＿＿＿ながら、二度寝して会社に遅刻してしまった。（自）

☞ 危うく交通事故を＿＿＿＿＿＿ところだった。（他）

20. 収（治・納・修）まる（自）・収（治・納・修）める（他）

☞ これでは、私の気持ちが＿＿＿＿＿＿。（自）

☞ 昔、貴族や武士が社会を＿＿＿＿＿＿時代を中世と呼びます。（他）

21. 折れる（自）・折る（他）

☞ この仕事はたいへん骨の＿＿＿＿＿＿仕事です。（自）

☞ この公園の木の枝を＿＿＿＿＿＿はいけません。（他）

22. 終わる（自）・終える（他）

☞ 授業は時間通りに始めて、時間通りに＿＿＿＿＿＿べきです。（自）

☞ 今晩はこの仕事を＿＿＿＿＿＿うちは、家へ帰れません。（他）

23. 掛かる（自）・掛ける（他）

☞ この時間は電話が込んで、なかなか＿＿＿＿＿＿にくい。（自）

☞ 今あなたに電話を＿＿＿＿＿＿と思っていたところなんですよ。（他）

24. かがむ（自）・かがめる（他）

☞ ちょっと＿＿＿＿＿＿ください。前がよく見えません。（自）

☞ おばあさんが腰を＿＿＿＿＿＿歩いています。（他）

25. 欠ける（自）・欠く（他）

☞ 彼女はちょっと積極性に＿＿＿＿＿＿ところがあります。（自）

☞ 「衣食住」は私たちの生活に＿＿＿＿＿＿べからざるものです。（他）

26. 重なる（自）・重ねる（他）

☞ 祝日と日曜日が＿＿＿＿＿＿ら、翌日は休みになります。（自）

☞ 両国の交渉は回を＿＿＿＿＿＿ごとに進展した。（他）

27. かすむ（自）・かすめる（他）

☞ 最近、年のせいか目が＿＿＿＿＿＿がちです。（自）

☞ 誰も見ていない隙に、金を＿＿＿＿＿＿取る。（他）

28. かすれる（自）・かする（他）

☞ カラオケで歌い過ぎて、声が＿＿＿＿＿しまった。（自）

☞ ちょっと＿＿＿＿＿程度で、大した傷じゃありません。（他）

29. 傾く（自）・傾ける（他）

☞ あなたの話を聞いて、気持ちが少し賛成の方へ＿＿＿＿＿。（自）

☞ ＿＿＿＿＿と、こぼれますよ。まっすぐ持ってください。（他）

30. 被さる（自）・被せる（他）

☞ 上にカバーが＿＿＿＿＿ままだから、取らないと使えません。（自）

☞ 上司の責任を部下に＿＿＿＿＿なんて、絶対許せないよ。（他）

31. 絡む（自）・絡める（他）

☞ 昨日、電車の中で酔っ払いに＿＿＿＿＿て、大変だったのよ。（自）

☞ 今の部長の意見に＿＿＿＿＿、私の考えを述べたいと思います。（他）

32. 枯れる（自）・枯らす（他）

☞ 冬になると、木の葉は＿＿＿＿＿、落葉する。（自）

☞ 庭の花を＿＿＿＿＿ように、まめに水をやってください。（他）

33. 乾く（自）・乾かす（他）

☞ 洗濯物はさっき洗ったばかりだから、まだ＿＿＿＿＿でしょう。（自）

☞ ハンカチや靴下はドライヤーで＿＿＿＿＿と、便利ですよ。（他）

34. 覆る（自）・覆す（他）

☞ 原告は判決を不服として上訴したが、やはり＿＿＿＿＿。（自）

☞ 彼は突然前回の反対意見を＿＿＿＿＿、賛成意見を述べ出した。（他）

35. 曇る（自）・曇らす（曇らせる）（他）

☞ 空が急に＿＿＿＿＿来ましたね。一雨降るかもしれませんよ。（自）

☞ 彼は私の提案にちょっと顔を＿＿＿＿＿。（他）

36. 包まる（自）・包める（他）

☞ 道行く人は厚いコートに＿＿＿＿＿、道を歩いている。（自）

☞ 巧みな言葉に言い＿＿＿＿＿、つい契約してしまった。（他）

37. 加わる（自）・加える（他）

☞ あなたも私たちのツアーに＿＿＿＿＿ませんか。（自）

☞ 私は彼もこのプロジェクトに＿＿＿＿＿べきだと思います。（他）

38. 肥える（自）・肥やす（他）

☞ この辺は土地が＿＿＿＿＿いるので、農作物の成長が早い。（自）

☞ 不正を働いて、私腹を＿＿＿＿＿政治家が後を絶たない。（他）

39. 焦げる（自）・焦がす（他）

☞ あなた！秋刀魚が＿＿＿＿＿ように、よく見ててね。（自）

☞ あんた！秋刀魚をそんなに＿＿＿＿＿ちゃ食べられないでしょ。（他）

40. こぼれる（自）・こぼす（他）

☞ コップの水が＿＿＿＿＿そうですよ。気を付けてください。（自）

☞ 彼は愚痴一つ＿＿＿＿＿ず、嫌な仕事も引き受けてくれる。（他）

41. 凝る（自）・凝らす（他）

☞ 今、私は編み物に＿＿＿＿＿います。（自）

☞ もっと工夫を＿＿＿＿＿ほうがいいと思います。（他）

42. 壊れる（自）・壊す（他）

☞ 彼の発言で、友好的な会議の雰囲気が＿＿＿＿しまった。（自）

☞ 好き好んで体を＿＿＿＿と思ってたばこを吸う人はいない。（他）

43. 下がる（自）・下げる（他）

☞ 彼の真面目な仕事ぶりにはいつも頭が＿＿＿＿。（自）

☞ 価格を＿＿＿＿ば＿＿＿＿だけ、その分利益も減る。（他）

44. 刺さる（自）・刺す（他）

☞ 魚の骨がのどに＿＿＿＿時は、醤油を飲むといいですよ。（自）

☞ 蚊に＿＿＿＿ぐらいで、人が死ぬなんてことがあるんですか。（他）

45. 授かる（自）・授ける（他）

☞ この子は神から＿＿＿＿私たち二人の宝物です。（自）

☞ 文化勲章は文化・芸術などの専門分野で活躍し、著しい功績を残した人に＿＿＿＿勲章です。（他）

46. 定まる（自）・定める（他）

☞ 二十歳そこそこで自分の進路はなかなか＿＿＿＿ものです。（自）

☞ 憲法の＿＿＿＿に従って、法律を制定する。（他）

47. 冷める（自）・冷ます（他）

☞ 料理が＿＿＿＿うちに、早く食べてください。（自）

☞ このスープは熱いですよ。＿＿＿＿から、食べてください。（他）

48. 覚める（自）・覚ます（他）

☞ 私は低血圧で朝目が＿＿＿＿も、暫く頭がはっきりしない。（自）

☞ お前、彼女に騙されてんだよ。目を＿＿＿＿よ。（他）

49. 静（沈）む・静（沈）まる（自）・静（沈）める（他）

☞ そんな＿＿＿＿＿＿顔をしないで、元気だせよ。（自）

☞ 気を＿＿＿＿＿＿ために深呼吸をする。（他）

50. 従う（自）・従える（他）

☞ 旅行中はガイドの指示に＿＿＿＿＿＿いただきます。（自）

☞ 某組長が子分を＿＿＿＿＿＿黒塗りのベンツに乗り込んだ。（他）

51. 閉（締）まる（自）・閉（締）める（他）

☞ この店は24時間営業ですから、一日中＿＿＿＿＿＿。（自）

☞ ドアを開けたら、すぐ＿＿＿＿＿＿ください。（他）

52. 退く（自）・退ける（他）

☞ この万年議員はなかなか政界の第一線から＿＿＿＿＿＿としない。（自）

☞ 彼は多くの挑戦者を＿＿＿＿＿＿、王座を連続10回防衛した。（他）

53. すくむ（自）・すくめる（他）

☞ 身の＿＿＿＿＿＿ような恐怖体験を聞いた。（自）

☞ 人々は木枯らしに肩を＿＿＿＿＿＿歩いている。（他）

54. 透ける（自）・透かす（他）

☞ 生地が薄いと、下着が＿＿＿＿＿＿見えますよ。（自）

☞ 敵を発見すると、＿＿＿＿＿＿ず、矢を放った。（他）

55. 過ぎる（自）・過ごす（他）

☞ 時間が＿＿＿＿＿＿ば＿＿＿＿＿＿ほど、記憶も薄れます。（自）

☞ 夏休みは毎年ハワイで＿＿＿＿＿＿ことにしています。（他）

56. 進む（自）・進める（勧める）（他）

☞ 「赤」は止まれ、「青」は_____、「黄色」は注意しろという意味です。（自）

☞ 彼は強敵を破って、三回戦に駒を_____。（他）

☞ 高校生のアルバイトは、あまり_____。（他）

57. すぼむ（自）・すぼめる（他）

☞ タイヤが_____いるから、恐らくパンクしたんでしょう。（自）

☞ 中国語の「Ü」は口を_____、前に突き出して発音します。（他）

58. 擦れる（自）・擦る（他）

☞ 彼女はちょっと_____性格をしている。（自）

☞ 今朝、満員電車の中で、財布を_____しまった。（他）

59. 添（沿）う（自）・添（沿）える（他）

☞ 貴社のご要望に_____ように、最善の配慮をいたします。（自）

☞ 世界記録が金メダルに花を_____。（他）

60. 育つ（自）・育てる（他）

☞ 親がいなくても、子は_____ものです。（自）

☞ 子供を_____のは、親の義務です。（他）

61. 染まる（自）・染める（他）

☞ 一度悪の道に_____と、なかなか抜け出せない。（自）

☞ 最近、街で髪を金髪に_____若者をよく見かける。（他）

62. 揃う（自）・揃える（他）

☞ 全員の意見が_____ければ、計画は実行できません。（自）

☞ 全員が歩調を_____ば、計画はうまく進まないよ。（他）

63. 倒れる（自）・倒す（他）

☞ お腹がぺこぺこで、今にも＿＿＿＿＿＿そうです。（自）

☞ 当機はまもなく着陸態勢に入ります。＿＿＿＿＿＿リクライニング・シート

　　を元の位置にお戻しください。（他）

64. 絶える（自）・絶やす（他）

☞ 地震で送電が＿＿＿＿＿＿しまった。（自）

☞ 山頂付近では、夏でも火の気を＿＿＿＿＿＿ことができない。（他）

65. 携わる（自）・携える（他）

☞ 日本では多くの外国人労働者が肉体労働に＿＿＿＿＿＿いる。（自）

☞ 両国はお互いに手を＿＿＿＿＿＿、協力しなければなりません。（他）

66. 立つ（自）・立てる（他）

☞ 今、あそこに＿＿＿＿＿＿いる人は田中さんですか。（自）

☞ 夫を＿＿＿＿＿＿のがいい妻だそうです。（他）

67. 貯まる（自）・貯める（他）

☞ 1千万円＿＿＿＿＿＿ら、私は世界一周旅行をしたいです。（自）

☞ これから毎月1万円ずつ＿＿＿＿＿＿と思っています。（他）

68. 垂れる（自）・垂らす（他）

☞ 蛇口の水が＿＿＿＿＿＿います。（自）

☞ 赤ちゃんはどうしてよだれを＿＿＿＿＿＿んでしょうか。（他）

69. 違う（自）・違える（他）

☞ あなたは大阪弁と東京弁の＿＿＿＿＿＿がわかりますか。（自）

☞ 筋を＿＿＿＿＿＿、歩けない。（他）

70. 縮む（自）・縮める（他）

☞ この服は洗濯しても生地が＿＿＿＿＿＿ように、特殊加工してあるんですよ。（自）

☞ 喫煙の習慣は寿命を＿＿＿＿＿＿だけです。（他）

71. 散る（自）・散らす（散らかす）（他）

☞ 隣のピアノの音で気が＿＿＿＿＿＿、勉強に集中できない。（自）

☞ ゴングを前に両選手はリング上で、すでに激しい闘志の火花を＿＿＿＿＿＿いる。（他）

☞ 息子はいつも部屋を＿＿＿＿＿＿っぱなしで、遊びに行く。（他）

72. 捕まる（自）・捕まえる（他）

☞ この電車はやむを得ず急停車することがございますので、吊革や手摺にお＿＿＿＿＿＿ください。（自）

☞ ねずみを＿＿＿＿＿＿としたら、手を噛まれた。「窮鼠猫を噛む」とは正にこの事だ。（他）

73. 浸（漬）かる（自）・浸（漬）ける（他）

☞ この国の政治家はどっぷりとぬるま湯に＿＿＿＿＿＿いる。（自）

☞ 頑固なシミは漂白剤にしばらく＿＿＿＿＿＿と、落ちませんよ。（他）

74. 尽きる（自）・尽くす（他）

☞ あなたの日本語は「すばらしい」の一言に＿＿＿＿＿＿。（自）

☞ 最後まで全力を＿＿＿＿＿＿が、力及びませんでした。（他）

75. 付く（自）・付ける（他）

☞ 修理が終わりましたから、電気が＿＿＿＿＿＿かどうか確かめてください。（自）

☞ 馬鹿に＿＿＿＿＿＿薬はない。（他）

76. 伝わる（自）・伝える（他）

☞ 日本にキリスト教が＿＿＿＿＿のは16世紀の中頃です。（自）

☞ 奥様によろしくお＿＿＿＿＿ください。（他）

77. 続く（自）・続ける（他）

☞ 今日はこれで終わります。この＿＿＿＿＿は明日にしましょう。（自）

☞ 私は結婚しても、今の仕事を＿＿＿＿＿つもりです。（他）

78. 勤まる（自）・勤める（他）

☞ 彼に課長の任はとても＿＿＿＿＿と思う。（自）

☞ 彼はこの会社に30年間＿＿＿＿＿ながらも、今なお平社員だ。（他）

79. 繋がる（自）・繋げる（繋ぐ）（他）

☞ これは会社の存続にも＿＿＿＿＿かねない大問題である。（自）

☞ 恋人同士が手を＿＿＿＿＿、歩いています。（他）

80. 詰まる（自）・詰める（他）

☞ 会場は大勢の観客の熱気で、息が＿＿＿＿＿そうです。（自）

☞ もっと中の方へ＿＿＿＿＿ください。（他）

81. 積もる（自）・積む（他）

☞ 借金が雪だるま式に＿＿＿＿＿、にっちもさっちも行かない。（自）

☞ そんなに荷物を高く＿＿＿＿＿と、危ないですよ。（他）

82. 連なる（自）・連ねる（他）

☞ 今回の事件は、国内だけではなく、国際問題にも＿＿＿＿＿かねない大問題だ。（自）

☞ 多くの著名人が今日のパーティーに名を＿＿＿＿＿いる。（他）

83. 照る（自）・照らす（他）

☞ 真夏の灼熱の太陽が容赦なく＿＿＿＿＿続けています。（自）

☞ 本人の今年の販売実績に＿＿＿＿＿合わせて、ボーナスを査定する。（他）

84. 退く（自）・退ける（退かす）（他）

☞ あんた、ここに立ってちゃ、邪魔よ。ちょっと＿＿＿＿＿なさい。（自）

☞ ＿＿＿＿＿ろ！＿＿＿＿＿ろ！邪魔だ！（他）

85. 溶ける（自）・溶かす（他）

☞ 氷は＿＿＿＿＿ら、水になります。（自）

☞ よくかき混ぜて、中の砂糖を＿＿＿＿＿ください。（他）

86. 整う（自）・整える（他）

☞ 彼は＿＿＿＿＿顔立ちをしている。（自）

☞ 試合の前に体のコンディションを＿＿＿＿＿おきましょう。（他）

87. 止まる（自）・止める（他）

☞ 経済不況はアジアだけに＿＿＿＿＿ず、全世界に広がっている。（自）

☞ 今日はプレゼンテーションだけに＿＿＿＿＿、具体的な交渉は明日以降に

しましょう。（他）

88. 飛ぶ（自）・飛ばす（他）

☞ バーゲンセールで、商品が＿＿＿＿＿ように売れた。（自）

☞ 田中課長は今度の人事で、地方の支店に＿＿＿＿＿しまった。（他）

89. 止まる（自）・止める（他）

☞ 新幹線の「のぞみ号」は、大きな駅にしか＿＿＿＿＿。（自）

☞ タクシーを＿＿＿＿＿としたら、乗車拒否された。（他）

90. 泊まる（自）・泊める（他）

☞ 私は一度もモーテルに_____ことがありません。（自）

☞ 規則だから、本人以外の人を部屋に_____訳にはいかない。（他）

91. 灯る（自）・灯す（他）

☞ 街灯に火が_____頃、北国の長い夜がやって来る。（自）

☞ 心に愛の火を_____ではありませんか。（他）

92. 取れる（自）・取る（他）

☞ 年を取れば、誰でも自然に角が_____ものです。（自）

☞ 人の物を勝手に_____でください。（他）

93. 悩む（自）・悩ます（他）

☞ 痔でお_____の方は、03-3875-2964へ今すぐお電話を。（自）

☞ 毎年春になると、多くの人が花粉症で_____。（他）

94. 慣れる（自）・慣らす（他）

☞ 「習うより_____よ」ってよく言うでしょ。（自）

☞ 怪我しないように、準備運動をして体を_____ましょう。（他）

95. 匂う（自）・匂わす（匂わせる）（他）

☞ 何か_____ませんか。ガスが漏れているかもしれませんよ。（自）

☞ 首相は予算委員会で、辞意の意向を_____発言をした。（他）

96. 濁る（自）・濁す（濁らせる）（他）

☞ 日本式のお風呂に入る時は、湯が_____ように、先ず体をよく洗って

から、湯船に入りましょう。（自）

☞ 日本語は語尾をはっきり言わず、曖昧に_____表現が多い。（他）

97. 抜ける（自）・抜く（他）

☞ 気の＿＿＿＿＿＿ビールは全然おいしくない。（自）

☞ 最後まで気を＿＿＿＿＿＿に、頑張ってください。（他）

98. 濡れる（自）・濡らす（他）

☞ 雨が降ったようですね。道が＿＿＿＿＿＿いますから。（自）

☞ この機械は水気に弱いから、絶対に＿＿＿＿＿＿ようにしてくれ。（他）

99. ねじれる（自）・ねじる（他）

☞ 彼はへそ曲がりで、性格がちょっと＿＿＿＿＿＿いる。（自）

☞ ＿＿＿＿＿＿鉢巻に印半纏で神輿をかつぐ。（他）

100.残る（自）・残す（他）

☞ 仕事もないのに会社に＿＿＿＿＿＿わけにもいかない。（自）

☞ ＿＿＿＿＿＿で、全部食べてください。（他）

101.延（伸）びる（自）・延（伸）ばす（他）

☞ 事故で予定の到着時間が1時間＿＿＿＿＿＿しまいました。（自）

☞ 髪は＿＿＿＿＿＿ば＿＿＿＿＿＿ほど、手入れが面倒になります。（他）

102.入る（自）・入れる（他）

☞ 部屋に＿＿＿＿＿＿時には、靴を脱いでください。（自）

☞ 私はコーヒーに砂糖を＿＿＿＿＿＿で飲みます。（他）

103.生える（自）・生やす（他）

☞ 思春期になると、男の子は髭が＿＿＿＿＿＿来ます。（自）

☞ 髭を＿＿＿＿＿＿のも、男性のオシャレの一つです。（他）

104.励む（自）・励ます（他）

☞ 授業中、彼はいつもせっせと内職に＿＿＿＿＿＿＿いる。（自）

☞ オリンピック代表選手に＿＿＿＿＿＿＿の言葉を送る。（他）

105.禿（剥）げる（自）・剥がす（他）

☞ 白髪が多い人は＿＿＿＿＿＿＿にくいそうですが、ほんとうですか。（自）

☞ あいつの化けの皮を＿＿＿＿＿＿＿やる。（他）

106.化ける（自）・化かす（他）

☞ もらったばかりの給料が、全部馬券に＿＿＿＿＿＿＿しまった。（自）

☞ きつねが人間を＿＿＿＿＿＿＿なんて、単なる伝説でしょう。（他）

107.弾ける（自）・弾く（他）

☞ フライパンの油が＿＿＿＿＿＿＿飛んで、腕に火傷をした。（自）

☞ このかばんは水を＿＿＿＿＿＿＿ように、表面に防水加工してある。（他）

108.外れる（自）・外す（他）

☞ 私の家は通りからちょっと＿＿＿＿＿＿＿閑静な所にあります。（自）

☞ 大事な話があるんだ。君、ちょっと席を＿＿＿＿＿＿＿くれないか。（他）

109.果てる（自）・果たす（他）

☞ 二日連続の徹夜で、心身共に疲れ＿＿＿＿＿＿＿しまった。（自）

☞ 彼は自分の責任を＿＿＿＿＿＿＿ず、他人の批判ばかりしている。（他）

110.離れる（自）・離す（他）

☞ お互いに＿＿＿＿＿＿＿住んでいても、心は一つです。（自）

☞ この子はいたずらっ子で、少しも目が＿＿＿＿＿＿＿。（他）

111.はまる（自）・はめる（他）

☞ 私は型に＿＿＿＿＿人間にはなりたくない。（自）

☞ 私は指輪を＿＿＿＿＿のがあまり好きじゃありません。（他）

112.浸る（自）・浸す（他）

☞ 今更、過去の思い出に＿＿＿＿＿も、仕様がない。（自）

☞ 火傷したら、すぐ水に＿＿＿＿＿ほうがいいですよ。（他）

113.翻る（自）・翻す（他）

☞ 軒の鯉のぼりが風を受けて、五月晴れの空に＿＿＿＿＿いる。（自）

☞ 先方は前回の主張を＿＿＿＿＿、譲歩の姿勢を見せた。（他）

114.広がる（自）・広げる（他）

☞ これ以上伝染病が＿＿＿＿＿ように、政府は早急の対策を採るべきだ。

（自）

☞ 若い時に、視野を＿＿＿＿＿ために、ボランティアに積極的に参加した

り、留学したりしたほうがいいと思います。（他）

115.増える（自）・増やす（他）

☞ 日本の中小都市の人口は＿＿＿＿＿どころか、減っています。（自）

☞ これ以上人手を＿＿＿＿＿ら、赤字になりますよ。（他）

116.含まれる（自）・含む（他）

☞ これは本体だけの価格で、消費税は＿＿＿＿＿いません。（自）

☞ 湿気を＿＿＿＿＿大気が、上昇気流に乗って雲になり、やがて雨になる。

（他）

117.更ける（自）・更かす（他）

☞ 夜も＿＿＿＿＿まいりました。テレビの音量は小さ目にして、お聞きください。(自)

☞ 学生時代は、よく夜を＿＿＿＿＿、友人と人生について語りあったものだ。(他)

118.隔たる（自）・隔てる（他）

☞ 両者の間には、今尚多くの点で＿＿＿＿＿がある。（自)

☞ 太平洋を＿＿＿＿＿向こうには、アメリカ合衆国がある。（他)

119.滅びる（自）・滅ぼす（他）

☞ この地球もいつかは＿＿＿＿＿運命にあるのでしょうか。（自)

☞ 1185年、平氏は源氏によって＿＿＿＿＿。（他)

120.曲がる（自）・曲げる（他）

☞ ここは右折禁止ですから、右には＿＿＿＿＿。（自)

☞ 背中を＿＿＿＿＿で、まっすぐ立ってください。（他)

121.紛れる（自）・紛らす（他）

☞ 地震の直後のドサクサに＿＿＿＿＿、火事場泥棒を働く。（自)

☞ 気を＿＿＿＿＿ために、公園へ散歩に行く。（他)

122.負ける（自）・負かす（他）

☞ 彼の試合はいつも＿＿＿＿＿そうで、結局勝つんですよ。（自)

☞ 彼は並居る強敵を打ち＿＿＿＿＿、決勝戦に駒を進めた。（他)

123.跨る（自）・跨ぐ（他）

☞ オートバイに乗る時は、ちゃんと＿＿＿＿＿、乗りましょう。（自)

☞ 本を＿＿＿＿＿と頭が悪くなると言う迷信を聞いたことがある。（他)

124.まとまる（自）・まとめる（他）

☞ さっき、両者の話がやっと＿＿＿＿＿。（自）

☞ さっきの話を＿＿＿＿＿と、ざっとこうなります。（他）

125.惑う（自）・惑わす（他）

☞ 初めての一人暮らしをすると、いろいろ戸＿＿＿＿＿こともあるでしょう。（自）

☞ 消費者を＿＿＿＿＿ような誇大な広告は掲載できません。（他）

126.乱れる（自）・乱す（他）

☞ JRのダイヤの＿＿＿＿＿は、明朝には正常に戻る予定です。（自）

☞ 列を＿＿＿＿＿で、きちんと並んで歩いてください。（他）

127.満ちる（自）・満たす（他）

☞ 彼女は結婚して、幸せに＿＿＿＿＿溢れた顔をしている。（自）

☞ 君は本校の受験資格を＿＿＿＿＿いないので、申請できないよ。（他）

128.向く（自）・向ける（他）

☞ まあ、気が＿＿＿＿＿ら、家へ遊びにでも来てくださいよ。（自）

☞ 日本＿＿＿＿＿の主な輸出品は、自転車と電子部品です。（他）

129.蒸れる（自）・蒸（ら）す（他）

☞ この部屋は暑くて＿＿＿＿＿そうです。（自）

☞ 冷たいご飯は、もう一度＿＿＿＿＿ば、おいしくなりますよ。（他）

130.めくれる（自）・めくる（他）

☞ 風が強くて、スカートが＿＿＿＿＿そうです。（自）

☞ 皆さん、次のページを＿＿＿＿＿ください。（他）

131.燃える（自）・燃やす（他）

☞ ＿＿＿＿＿ゴミと燃えないゴミを分別しましょう。（自）

☞ 闘志を＿＿＿＿＿、試合に臨む。（他）

132.戻る（自）・戻す（他）

☞ ＿＿＿＿＿ものなら、もう一度青春時代に＿＿＿＿＿たい。（自）

☞ 使い終わったら、元の所に＿＿＿＿＿おいてください。（他）

133.揉める（自）・揉む（他）

☞ 私は＿＿＿＿＿事は嫌いです。（自）

☞ 彼は世間の荒波に＿＿＿＿＿、一層たくましくなった。（他）

134.漏（れ）る（自）・漏らす（他）

☞ 今回の採用に＿＿＿＿＿方は、次回また応募してください。（自）

☞ 先生の講義を一字一句＿＿＿＿＿ず、メモする。（他）

135.休まる（自）・休める（他）

☞ 昨日は朝から来客が続いて、少しも気が＿＿＿＿＿。（自）

☞ みなさん、ちょっと仕事の手を＿＿＿＿＿、一服しましょう。（他）

136.止む（自）・止める（辞める）（他）

☞ 雨は＿＿＿＿＿ものの、まだ強い風が吹いている。（自）

☞ 今、会社を＿＿＿＿＿ところで、ろくな仕事はない。（他）

137.和らぐ（自）・和らげる（他）

☞ お盆を過ぎると、朝夕の暑さも多少＿＿＿＿＿来ます。（自）

☞ 米国は従来の強硬姿勢を＿＿＿＿＿、柔軟な態度を示した。（他）

138.茹る（自）・茹でる（他）

☞ 連日の＿＿＿＿＿＿＿ような猛暑で、農作物が大きな被害を受けた。（自）

☞ ＿＿＿＿＿＿＿立ての餃子はおいしいですよ。（他）

139.緩む（自）・緩める（他）

☞ 試験が終わったので、気が＿＿＿＿＿＿＿しまった。（自）

☞ 明日の試験、気を＿＿＿＿＿＿＿に、がんばってください。（他）

140.揺れる（自）・揺らす（他）

☞ あっ！地震じゃない。今、＿＿＿＿＿＿＿いるわよ。（自）

☞ 今、字を書いているから、机を＿＿＿＿＿＿＿でください。（他）

141.汚れる（自）・汚す（他）

☞ この服は安い服ですから、＿＿＿＿＿＿＿も大丈夫ですよ。（自）

☞ 今、拭いたばかりですから、＿＿＿＿＿＿＿ようにしてください。（他）

142.分かれる（別れる）（自）・分ける（他）

☞ 前の恋人とは５年前に＿＿＿＿＿＿＿きり、一度も会っていません。（自）

☞ 草の根を＿＿＿＿＿＿＿も、犯人を探し出す。（自）

143.沸く（自）・沸かす（沸かせる）（他）

☞ 湯が＿＿＿＿＿＿＿ら、火をすぐ消してください。（自）

☞ 観客を＿＿＿＿＿＿＿すばらしい演技。（他）

144.渡る（自）・渡す（他）

☞ 駅でタクシーを待っていたら、友人が通りかかって、家まで送ってくれた。"＿＿＿＿＿＿＿に船"とは正にこの事だ。（自）

☞ 社長がこの書類をあなたに＿＿＿＿＿＿＿くれと言ってましたよ。（他）

145.割れる（自）・割る（他）

☞　　このコップ、＿＿＿＿＿そうでなかなか＿＿＿＿＿んです。（自）

☞　　水割りって、ウィスキーを水で＿＿＿＿＿もののことですよ。（他）

✎　豆知識　✎

《二格他動詞について》

「～に咬みつく」「～に吠える」「～に絡む」「～に惚れる」などの「二」

格を取る動詞群は、その動作が「相手に働きかける」、更に「直接受身形が

作れる」という点では、十分に他動詞の性質を備えていると言える。

　　　　　　　　　（能動文）　　　　　　　　　　　　　（受動文）

酔っ払いが通行人に絡む。　⇒　通行人が酔っ払いに絡まれる。

犬が客に吠える。　⇒　客が犬に吠えられる。

上司が部下に咬みつく。　⇒　部下が上司に咬みつかれる。

彼は私の提案に反対した。　⇒　私の提案は彼に反対された。

犬が泥棒に吠える　　　　　　　彼は私に反対した

「～に咬みつく」「～に吠える」「～に絡む」「～に惚れる」等的「二」格

動詞，該動作表示「影響對象」以及「作直接被動形」，所以可以說擁有他動

詞的特徵。

76

超級コース

【問題10】下記の＿＿＿＿に入る動詞の変化形を書きなさい。

1. 当たる（自）・当てる（他）

   ☞ ＿＿＿＿、砕けよ！（自）

   ☞ あたし、幾つに見える？＿＿＿＿見て。（他）

2. 改まる（自）・改める（他）

   ☞ 敬語は＿＿＿＿場面でよく使われます。（自）

   ☞ ＿＿＿＿、ご紹介させていただきます。こちらは……（他）

3. 生（活）きる（自）・生（活）かす（他）

   ☞ 留学すれば、＿＿＿＿言葉が勉強できます。（自）

   ☞ 私は自分の技術が＿＿＿＿仕事をしたい。（他）

4. 受かる（自）・受ける（他）

   ☞ 彼は試験に＿＿＿＿ふりをしているけど、ほんとうは＿＿＿＿いないん

   だよ。（自）

   ☞ 今度の地震は被害を＿＿＿＿所はないくらい大きかった。（他）

5. 動く（自）・動かす（他）

   ☞ 写真を撮りますよ。＿＿＿＿でください。（自）

   ☞ ピアノを＿＿＿＿にも、重過ぎて＿＿＿＿。（他）

6. 遅れる（自）・遅らす（他）

☞ みんなに＿＿＿＿ように、必死で着いて行く。（自）

☞ これ以上、納期を＿＿＿＿ものなら、大変なことになります。（他）

7. 落ちる（自）・落とす（他）

☞ 今日の会議での彼の発言がどうも腑に＿＿＿＿。（自）

☞ 気を＿＿＿＿に、がんばってください。（他）

8. 及ぶ（自）・及ぼす（他）

☞ 私の日本語の能力は、あなたに遠く＿＿＿＿。（自）

☞ 彼の転勤は、会社に悪い影響を＿＿＿＿かねない。（他）

9. 降（下）りる（自）・降（下）ろす（他）

☞ まもなく大阪駅に到着いたします。お＿＿＿＿のお客様はお忘れ物のな

いように、ご注意ください。（自）

☞ 彼は成績不振で、社長に営業課長のポストを＿＿＿＿。（他）

10. 帰（返）る（自）・帰（返）す（他）

☞ 初心に＿＿＿＿、もう一度最初から始めよう！（自）

☞ お言葉を＿＿＿＿ようですが、責任は当方にはございません。（他）

11. 隠れる（自）・隠す（他）

☞ こうなったら、逃げも＿＿＿＿もしねえよ。好きにしてくれ。（自）

☞ 地震の被災者は度重なる余震で、不安を＿＿＿＿切れない。（他）

12. 片付く（自）・片付ける（他）

☞ やっと部屋が＿＿＿＿と思ったら、今度はトイレの掃除だ。（自）

☞ 先ずこの仕事を＿＿＿＿ことには、次に進めません。（他）

13. 固まる（自）・固める（他）

☞ 一箇所に＿＿＿＿＿で、ばらばらに座ってください。（自）

☞ 君ももう年なんだから、早く身を＿＿＿＿＿ほうがいいよ。（他）

14. 叶（適）う（自）・叶える（他）

☞ 所詮、この恋は＿＿＿＿＿恋です。（自）

☞ 力では、女性は男性に＿＿＿＿＿。（自）

☞ 私があなたの望みを＿＿＿＿＿あげましょう！（他）

15. 変（代・換・替）わる（自）・変（代・換・替）える（他）

☞ 彼はいつもと＿＿＿＿＿ず、定刻に出社した。（自）

☞ 親子の絆は何物にも＿＿＿＿＿。（他）

16. 消える（自）・消す（他）

☞ あなたなんか、大嫌い！とっとと＿＿＿＿＿ちょうだい！（自）

☞ 先生の声が学生の私語に＿＿＿＿＿、授業にならない。（他）

17. 気が付く（自）・気を付ける（他）

☞ どうもすみません。気が＿＿＿＿＿。（自）

☞ 夜道の一人歩きは＿＿＿＿＿と、危ないですよ。（他）

18. 聞こえる（自）・聞く（他）

☞ 声が小さくて＿＿＿＿＿。もう一度言ってください。（自）

☞ 小沢征爾のコンサートなんて、こんな田舎じゃ＿＿＿＿＿と思っても、なかなか＿＿＿＿＿もんじゃないよ。（他）

19. 決（き）まる（自）・決（き）める（他）

☞ 今日（きょう）の会議（かいぎ）でも＿＿＿＿＿場合（ばあい）は、明日（あす）また会議（かいぎ）を開（ひら）きます。（自）

☞ 上司（じょうし）がいないので、私一人（わたしひとり）では＿＿＿＿＿。（他）

20. 切（き）れる（自）・切（き）る（切（き）らす）（他）

☞ 切（き）りたくても＿＿＿＿＿縁（えん）を「腐（くさ）れ縁（えん）」と言（い）います。（自）

☞ 往生際（おうじょうぎわ）の悪（わる）い奴（やつ）だな。いつまで白（しら）を＿＿＿＿＿つもりなんだ。（他）

☞ たばこを＿＿＿＿＿ので、外（そと）へ買（か）いに行（い）く。（他）

21. 極（きわ）まる（自）・極（きわ）める（他）

☞ 感（かん）＿＿＿＿＿、思（おも）わず泣（な）き出（だ）した。（自）

☞ 田部井淳子（たべいじゅんこ）は1975年（ねん）女性（じょせい）で初（はじ）めてエベレストの山頂（さんちょう）を＿＿＿＿＿人（ひと）です。

（他）

22. くじける（自）・くじく（他）

☞ 失敗（しっぱい）しても、＿＿＿＿＿に、頑張（がんば）ってください。（自）

☞ 弱（よわ）きを助（たす）け、強（つよ）きを＿＿＿＿＿、正義（せいぎ）の味方（みかた）、鉄腕（てつわん）アトム！（他）

23. 崩（くず）れる（自）・崩（くず）す（他）

☞ この服（ふく）は洗濯（せんたく）しても形（かたち）が＿＿＿＿＿ように、特殊加工（とくしゅかこう）してある。（自）

☞ この1万円札（まんえんさつ）を千円札（せんえんさつ）に＿＿＿＿＿ください。（他）

24. 砕（くだ）ける（自）・砕（くだ）く（他）

☞ 「食（た）べちゃう」のような縮約形（しゅくやくけい）は、＿＿＿＿＿場面（ばめん）で使（つか）われます。（自）

☞ 複雑（ふくざつ）な問題（もんだい）を易（やさ）しく＿＿＿＿＿説明（せつめい）する。（他）

25. 下る（自）・下す（他）

☞ このマンションはいくら安くても1億円は＿＿＿＿＿＿でしょう。（自）

☞ 祖母は、私が腹を＿＿＿＿＿＿り、歯痛になったりしたら、正露丸を飲めと必ず言う。（他）

26. 汚れる（自）・汚す（他）

☞ 「みそぎ」とは、川や海で＿＿＿＿＿＿心を洗い清めることです。（自）

☞ そんな事をして、家風を＿＿＿＿＿＿とは、言語道断だ！（他）

27. 込む（自）・込める（他）

☞ 道が＿＿＿＿＿＿うちに、早く出かけましょう。（自）

☞ これは私があなたのために心を＿＿＿＿＿＿作った料理です。（他）

28. 転がる（自）・転がす（他）

☞ これは、そんじょそこらに＿＿＿＿＿＿物とは訳が違う。（自）

☞ 彼はバブルの時期、土地を＿＿＿＿＿＿、一財産築いた。（他）

29. 咲く（自）・咲かす（咲かせる）（他）

☞ 彼岸花は、花が＿＿＿＿＿＿後で葉が出て来るそうですよ。（自）

☞ もう一度、一花＿＿＿＿＿＿ではないか。（他）

30. 裂（割）ける（自）・裂（割）く（他）

☞ この秘密、口が＿＿＿＿＿＿も漏らしません。（自）

☞ この事件が二人の仲を＿＿＿＿＿＿しまった。（他）

31. 焦れる（自）・焦らす（他）

☞ 君の日本語を聞いていると、＿＿＿＿＿＿くて仕様がない。（自）

☞ ＿＿＿＿＿＿で、早く教えてよ。（他）

32. 済む（自）・済ませる（他）

☞ こんな事しでかしたら、きっとただでは＿＿＿＿＿だろう。（自）

☞ 宿題を＿＿＿＿＿＿うちは、テレビを見てはいけませんよ。（他）

33. 備わる（自）・備える（他）

☞ 彼には抜群のリーダーシップが＿＿＿＿＿＿いる。（自）

☞ いざという時に＿＿＿＿＿＿、保険に加入しておきましょう。（他）

34. 逸れる（自）・逸らす（他）

☞ 話が＿＿＿＿＿＿、すみません。（自）

☞ 話を＿＿＿＿＿＿でください。（他）

35. 炊ける（自）・炊く（他）

☞ ご飯が＿＿＿＿＿＿も、すぐ蓋を開けないで、少し蒸らしましょう。（自）

☞ ご飯を＿＿＿＿＿＿にも、米がなくては話にならない。（他）

36. 助かる（自）・助ける（他）

☞ 彼が＿＿＿＿＿＿が＿＿＿＿＿＿まいが、私の知った事じゃない。（自）

☞ 今、彼を＿＿＿＿＿＿も、本人のためにならないでしょう。（他）

37. 建つ（自）・建てる（他）

☞ 家の前に高いビルが＿＿＿＿＿＿ので、日当たりが悪くなった。（自）

☞ このお寺は約1000年前に＿＿＿＿＿＿そうです。（他）

38. 足りる（自）・足す（他）

☞ 日本へ留学するのに、1年50万円では全然＿＿＿＿＿＿と思う。（自）

☞ 2に3を＿＿＿＿＿＿も、絶対6になりませんよ。つまり、あなたの主張は全く論理性がないんです。（他）

39. 潰れる（自）・潰す（他）

☞ どんな一流会社でも、絶対に＿＿＿＿＿＿＿という保障はない。（自）

☞ 私は暇＿＿＿＿＿＿に日本語を勉強しているんじゃありません。（他）

40. 出る（自）・出す（他）

☞ 家を＿＿＿＿＿＿としたら、友人から電話が掛かってきた。（自）

☞ 彼は自分の感情をあまり顔に＿＿＿＿＿＿。（他）

41. 通る（自）・通す（他）

☞ この道を＿＿＿＿＿＿も＿＿＿＿＿＿ても、いずれにしても目的地には着きます。（自）

☞ すみません、ちょっと＿＿＿＿＿＿ください。（他）

42. 解ける（自）・解く（他）

☞ 最後の問題がなかなか＿＿＿＿＿＿に、困っています。（自）

☞ 彼は今回の汚職事件で、大臣の任を＿＿＿＿＿＿。（他）

43. 届く（自）・届ける（他）

☞ 商品が＿＿＿＿＿＿次第、すぐお電話します。（自）

☞ お買い上げの商品は、お客様が直接お持ち帰りになりますか、それとも私共がお＿＿＿＿＿＿いたしましょうか。（他）

44. 治る（自）・治す（他）

☞ そんな不摂生では＿＿＿＿＿＿病気も＿＿＿＿＿＿よ。（自）

☞ 精神科とは心の病気を＿＿＿＿＿＿ところです。（他）

45. 直る（自）・直す（他）

☞ 「雀百まで踊り忘れず」とは、幼い時からの習慣は＿＿＿＿という意味です。（自）

☞ 彼は自分の誤りを決して＿＿＿＿とはしない。（他）

46. 流れる（自）・流す（他）

☞ 時の＿＿＿＿に逆らわず、自然体で生きて行く。（自）

☞ 時勢に＿＿＿＿、安閑と生きて行く。（他）

47. 亡くなる（自）・亡くす（他）

☞ 昨日、貴社の社長様が＿＿＿＿そうですが、本当ですか。（自）

☞ 母を＿＿＿＿初めて、彼女の偉大さがわかった。（他）

48. 並ぶ（自）・並べる（他）

☞ 母はいくら列が込んでいても、あまり＿＿＿＿としない。（自）

☞ 本棚の中に、本がきちんと＿＿＿＿あります。（他）

49. 成る（自）・成す（他）

☞ 弁護士に＿＿＿＿と思っても簡単に＿＿＿＿もんじゃない。（自）

☞ 彼は高度経済成長期に不動産投資で成功して、一代で巨大な財を＿＿＿＿。（他）

50. 鳴る（自）・鳴らす（他）

☞ 今朝、7時にセットした目覚まし時計が＿＿＿＿ので、寝坊してしまった。（自）

☞ 彼は政界では長年タカ派で＿＿＿＿大物政治家だ。（他）

51. 煮える（自）・煮る（他）

☞ 具が＿＿＿＿＿ら、調味料を入れてください。（自）

☞ あいつは＿＿＿＿＿も焼いても食えないどうしようもない奴だ。（他）

52. 逃げる（自）・逃がす（他）

☞ ＿＿＿＿＿ものなら、＿＿＿＿＿みろ！（自）

☞ ＿＿＿＿＿獲物は大きい。（他）

53. 似る（自）・似せる（他）

☞ 今度の新人、可愛いけど、顔に＿＿＿＿＿、けっこうズバズバ物を言う

よ。（自）

☞ これは＿＿＿＿＿作ったものです。本物じゃありません。（他）

54. 脱げる（自）・脱ぐ（脱がす）（他）

☞ この靴、サイズが大きいから、＿＿＿＿＿やすいです。（自）

☞ 彼のために、一肌＿＿＿＿＿じゃないか。（他）

55. 寝る（自）・寝かす（寝かせる）（他）

☞ 彼は、＿＿＿＿＿も覚めても、金儲けの事ばかり考えている。（自）

☞ これは30年＿＿＿＿＿極上のワインです。（他）

56. 逃れる（自）・逃す（他）

☞ 私は日本人ですから、日本人の価値観から＿＿＿＿＿と思っても、そう簡

単に＿＿＿＿＿ものではありません。（自）

☞ このチャンスを＿＿＿＿＿ら、もう二度とやって来ないだろう。（他）

57. 乗る（自）・乗せる（他）

☞ 夜遅く女性一人でタクシーに＿＿＿＿＿ほうがいいですよ。（自）

☞ またしても、彼の口車に＿＿＿＿＿しまった。（他）

58. 挟まる（自）・挟む（挟める）（他）

☞ 奥歯に物の＿＿＿＿＿ような言い方をしないでください。（自）

☞ 戸袋に手を＿＿＿＿＿ように気を付けてください。（他）

59. 始まる（自）・始める（他）

☞ 日本の新学期は毎年何月に＿＿＿＿＿んですか。（自）

☞ 議長が来ないと、会議を＿＿＿＿＿にも＿＿＿＿＿。（他）

60. 晴れる（自）・晴らす（他）

☞ 最近いい天気だから、明日もきっと＿＿＿＿＿と思いますよ。（自）

☞ この恨みは＿＿＿＿＿も＿＿＿＿＿切れません。（他）

61. 冷える（自）・冷やす（他）

☞ 風呂上りに、よく＿＿＿＿＿ビール、たまりませんね。（自）

☞ 私は夏、お腹を＿＿＿＿＿ように、腹巻をして寝ています。（他）

62. 吹く（自）・吹かす（他）

☞ 彼は周囲のことなんかどこ＿＿＿＿＿風、いつもマイペースで生きている。（自）

☞ 交差点の信号待ちでエンジンを空＿＿＿＿＿するのは、ガソリンの無駄使いです。（他）

63. 塞がる（自）・塞ぐ（他）

☞ 最近の彼の言動には、開いた口が＿＿＿＿＿＿＿。（自）

☞ 耳を＿＿＿＿＿＿＿なるような悲惨なニュース。（他）

64. ぶつかる（自）・ぶつける（他）

☞ 困難に＿＿＿＿＿＿＿も、くじけません。（自）

☞ いきなり＿＿＿＿＿＿＿本番で舞台に上がる。（他）

65. 減る（自）・減らす（他）

☞ ちょっとぐらい体重が＿＿＿＿＿＿＿からって、安心してはだめよ。その後が

大変なんだから。（自）

☞ 先月3回遅刻したら、給料を5000円＿＿＿＿＿＿＿しまった。（他）

66. ぼける（自）・ぼかす（他）

☞ 彼の話はいつもピントが＿＿＿＿＿＿＿いる。（自）

☞ 話を＿＿＿＿＿＿＿で、はっきり言ってください。（他）

67. 交わる（自）・交える（他）

☞ 平行線は永久に＿＿＿＿＿＿＿。（自）

☞ 膝を＿＿＿＿＿＿＿会談する。（他）

68. 混じる（自）・混ぜる（他）

☞ 不良品が＿＿＿＿＿＿＿ように、厳密にチェックする。（自）

☞ とろ火でよく＿＿＿＿＿＿＿と、焦げますよ。（他）

69. 間違う（自）・間違える（他）

☞ ＿＿＿＿＿＿＿も、先方に失礼のないように頼むよ。（自）

☞ 私は道を歩いていると、よくイラン人に＿＿＿＿＿＿＿。（他）

70. 回る（自）・回す（他）

☞ 借金で首が＿＿＿＿＿＿。（自）

☞ このラジオ、いくらダイヤルを＿＿＿＿＿＿も、音が大きくなりませんよ。壊れているかもしれません。（他）

71. 見える（自）・見る（他）

☞ 以前、私の家の2階からよく富士山が＿＿＿＿＿＿ものです。（自）

☞ ＿＿＿＿＿＿と言われると、却って＿＿＿＿＿＿なるのが人情です。（他）

72. 見つかる（自）・見つける（他）

☞ へそくりは、主人に絶対＿＿＿＿＿＿所に隠してあります。（自）

☞ あなたも早く、いい恋人を＿＿＿＿＿＿いいのに。（他）

73. 儲かる（自）・儲ける（他）

☞ ＿＿＿＿＿＿そうで＿＿＿＿＿＿のが、この商売です。大変ですよ。（自）

☞ 彼は株で＿＿＿＿＿＿お金を全部孤児院に寄付した。（他）

74. 焼ける（自）・焼く（他）

☞ 中まで＿＿＿＿＿＿かどうか、味見をして見てください。（自）

☞ 中までよく＿＿＿＿＿＿と、食べられませんよ。（他）

75. 宿る（自）・宿す（他）

☞ この仏像には、先祖の魂が＿＿＿＿＿＿。（自）

☞ "子種を＿＿＿＿＿＿"とは、妊娠すると言う意味ですよ。（他）

76. 破れる（自）・破る（他）

☞ 恋人に振られて、＿＿＿＿＿＿かぶれになる。（自）

☞ お得意さんとの契約を＿＿＿＿＿＿ものなら、大変なことになる。（他）

77. 歪む（自）・歪める（他）

☞ 貴様の＿＿＿＿性根を叩き直してやる！（自）

☞ 今度の彼の脱税事件は市民の善意を＿＿＿＿かねない行為だ。（他）

78. 寄る（自）・寄せる（他）

☞ 君は少々、右＿＿＿＿の考えの人だね。（自）

☞ この番組に対して、視聴者から多くの抗議の手紙が＿＿＿＿。（他）

◈ 豆知識 ◈

《感情動詞について》

「ヲ」格を取る自動詞は移動動詞以外に、「～を喜ぶ」「～を悼む」「～を悲しむ」「～を楽しむ」「～を恐れる」等の感情を表す動詞がある。これらの動詞は、他動性の典型である「相手への働きかけ」が全くなく、動作の帰着点が話し手自身に及ぶ自己完結型の再帰的な動詞である。

実験の成功を喜ぶ

死を恐れる

搭配格助詞「ヲ」，除了移動動詞之外，還有一些感情動詞也搭配助詞「ヲ」。例如「～を喜ぶ」「～を悼む」「～を悲しむ」「～を楽しむ」「～を恐れる」等。這些動詞完全沒有典型他動詞所有的「涉及到對象」的特徵，只擁有自身用法的動詞。

89

習慣用語コース

（このコースは自他動詞を使った慣用的な表現と諺を列挙した）

【問題11】 下記の慣用表現を中国語に訳してください。

1. 君の話は辻褄が合わない。

2. 今日はまったくひどい目に遭った。

3. 連日の雨で商売上がったりだ。

4. 上がってしまって、うまくスピーチができなかった。

5. 船酔いで上げそうだ。

6. あいつにはお手上げだ。

7. この喧嘩、俺が預かった。

8. お手！お換わり！お預け！

9. 夏はなま物が当たりやすい。

10. 今時、当り屋なんているんですか。

11. 下手な鉄砲も数打ちゃ当たる。（諺）

12. 今回のテストの結果は目も当てられない。

13. 世間の耳目を集める。

14. お言葉に甘えて、一つちょうだい致します。

15. 嵐の前の静けさ。

16. 頭角を現す。

17. この計画は、時を移さず実行せねばならない。

18. 故郷に骨を埋める。

19. 女優Aは最近、浮いた話が少なくなった。

20. 生まれつきの才能。

21. 生みの親より育ての親。（諺）

22. 鳶が鷹を産む。（諺）

23. 案ずるより産むが易し。（諺）

24. 私は彼と馬が合う。

25. 売り言葉に買い言葉。（諺）

26. 早起きは三文の徳。（諺）

27. どこで油を売ってたんだよ。

28. 転んでもただじゃ起きない。

29. テープ起こしのアルバイトをする。

30. これじゃ腹の虫が収まらない。

31. 妻子ある男性と恋に落ちる。

32. 猿も木から落ちる。（諺）

33. 彼の話には腑に落ちない所が多々ある。

34. この話には落ちがある。

35. 遠慮するには及びません。

36. 霜が降りる。

37. 衣食住は生活に深く根を下ろしている。

38. 双方折れれば、すぐ解決する。

39. 彼の通訳の能力は、折り紙つきです。

40. 返す返すも、残念でならない。

41. 踵を返す。

42. 帰らぬ人となる。

43. 覆水盆に返らず。（諺）

44. 照れ隠しに笑う。

45. 部長は私の意見など、歯牙にも掛けない。

46. 人は見かけによらぬもの。（諺）

47. 包み隠さず話しなさい。

48. 頭隠して、尻隠さず。（諺）

49. 子供たちが隠れん坊をして遊んでいる。

50. あの人は飲み込みが早い。

51. 重ね重ね、ご迷惑をお掛けします。

52. 25年、手塩に掛けて育てた娘を嫁に出す。

53. "ハスキーボイス"とは"かすれ声"のこと。

54. 雨降って、地固まる。（諺）

55. 思わずうれしい悲鳴を上げる。

56. 詰め込み式の教育はよくない。

57. こんなに暑くては適わない。

58. 相手に罪を被せる。

59. 昨日、禁煙すると言った舌の根も乾かぬうちに、今日またたばこを吸う。

60. 彼は変わり者だ。

61. 所変われば、品変わる。（諺）

62. 気を付け！休め！

63. 彼は政界では辣腕の政治家として聞こえている。

64. 聞くは一時の恥、聞かぬは一生の恥。（諺）

65. 聞いて極楽、見て地獄。（諺）

66. 聞きしに勝る強敵。

67. 社員旅行？　行くわけないでしょ。決まってんじゃない！

68. 鮫島君！今日のネクタイ、決まってるわね。

69. １ドル100円を切る。

70. いつまで白を切るつもりだ。

71. ハンドルを右に切る。

72. しびれを切らす。

73. 先ず口火を切ったのは彼だった。

74. 彼は頭が切れる。

75. 贅沢を極めた装飾品。

76. 字を崩して書く。

77. 相手は強硬な態度を崩さない。

78. まあ、足を崩してください。

79. 天気は週末から崩れそうです。

80. 明治維新から時代を下ること137年。

81. 喧嘩なんて下らないから、やめろよ。

82. 常識を覆すような発想。

83. 彼の話は雲をつかむような話だ。

84. 今回の商談、ちょっと雲行きが怪しい。

85. 私、若輩者が末席を汚して入閣致しました。

86. 汚れを知らない無邪気な子供。

87. 彼はおいしい物を食べて、舌が肥えている。

88. いい美術作品をたくさん見て、目を肥やす。

89. 失敗を肥やしにする。

90. 恋に身を焦がす。

91. 学生時代、私は落ちこぼれだった。

92. 手の込んだ計画的犯罪。

93. 目を凝らして見る。

94. 肩が凝る。

95. この服は姉のお下がりです。

96. 目尻を下げる。

97. 10分ほど時間を割いていただけませんか。

98. 会社の秘密を漏らさないように、再度釘を刺す。

99. 噂をすれば影が差す。（諺）

100. 私は人に後ろ指を指されるようなことはしていません。

101. A政治家の賄賂事件のほとぼりも冷めやらぬうちに、今度はB政治家の汚職事件が発覚した。

102. 老いては子に従え。（諺）

103. 郷に入っては郷に従え。（諺）

104. 彼の生活態度には締まりがない。

105. 彼は締まった体をしている。

106. 誘惑を退ける強固な意志。

107. 透かしの入った新札。

108. 過ぎたるは猶及ばざるが如し。（諺）

109. 喉元過ぎれば、熱さを忘れる。（諺）

110. 今朝、うっかり寝過ごしてしまった。

111. この縁談はあまり気が進まない。

112. 当店のお勧め料理はこちらです。

113. 済んだ事は悔やんでも仕方がない。

114. これは金で済む問題じゃない。

115. 彼はごますりだ。

116. 株に手を染める。

117. ちょっと目を逸らした隙に、子供がいなくなった。

118. 揃いも揃って、全員が遅刻か。まったく！

119. 借金は耳を揃えて返した。

120. 氏より育ち。（諺）

121. 親はなくとも子は育つ。（諺）

122. 備えあれば、憂いなし。（諺）

123. 京の着倒れ、大阪の食い倒れ。（諺）

124. ホテル代を踏み倒す。

125. この政治家は女優とのスキャンダルが常に絶えない。

126. 彼女はどんなに機嫌が悪くても笑顔を絶やさない。

127. 助け船を出す。

128. 芸は身を助く。（諺）

129. 物も言いようで角が立つ。

130. 台湾事務所を立ち上げる。

131. 交差点で車が立ち往生する。

132. 部下の度重なるミスに腹を立てる。

133. 後悔先に立たず。（諺）

134. この問題、難しくてまったく歯が立たない。

135. 立つ鳥、跡を濁さず。（諺）

136. 一国の首相たる者、発言には注意すべきだ。

137. よだれを垂らす。

138. こんな大役を仰せつかり、身の縮む思いです。

139. 部長の話はいつもつかみ所がない。

140. 一夜漬けの勉強では歯が立たない。

141. 自分の教え子の活躍を見ると、教師冥利に尽きる。

142. 今日は何をやっても付いていない。

143. 私にもやっと付きが回ってきた。

144. 悪銭身につかず。（諺）

145. 今買うと、高く付く。

146. 小異を捨てて大同に付く。（諺）

147. 学生の欠点ばかりが目に付く。

148. この店はツケが効く。

149. 夏休み遊んだツケが、今回って来た。

150. 普段食べ付けない物を食べると、お腹を壊す。

151. 続け様に三回くしゃみをする。

152. こんなミス、取るに足りない。

153. 喫茶店で時間を潰す。

154. 定職が決まるまでの間、つなぎにアルバイトをする。

155. 人事を尽くして、天命を待つ。（諺）

156. これじゃ俺の面目丸つぶれだ。

157. 哲学なんてつぶしの効かないものを勉強してどうなるんだ。

158. 今週は予定がびっしり詰まっている。

159. 難題が山のように積もっている。

160. 荷物の積み下ろしに便利なトラック。

161. 現場に出て、経験を積む。

162. 道の両側に商店が軒を連ねている。

163. 子供の喧嘩だ。親の出る幕じゃない。

164. 出る杭は打たれる。（諺）

165. 喉から手が出るほど欲しい。

166. 女性に手を出す男性なんて絶対に許せない。

167. 最後まで筋を通すべきだ。

168. 彼の声はよく通る。

169. 通りすがりの人に助けてもらった。

170. 新しい環境になかなか溶け込めない。

171. 役所に転出届けを出す。

172. 身から出た錆。（諺）

173. 親の目が届かないところで悪さをする。

174. リストラの波は止まるところを知らない。

175. この事件に関与した人物は彼だけに止まらない。

176. 観客が野次を飛ばす。

177. 飛んで日に入る夏の虫。（諺）

178. 飛んだ事を仕出かしたものだ。

179. 1行飛ばして読む。

180. 清水の舞台から飛び降りるような気持ちだ。（諺）

181. 目にも止まらぬ早業。

182. 取らぬ狸の皮算用。（諺）

183. 彼は上司の機嫌を取るのがうまい。

184. 昔取った杵柄。（諺）

185. 早目に行って、場所を取る。

186. 頼むから、機嫌を直してくれよ。

187. 人の振り見て、我が振り直せ。（諺）

188. 気を付け！敬礼！直れ！

189. 馬鹿は死ななきゃ治らない。

190. この喫茶店にはBGMが流れている。

191. 大理石の流し台。

192. 流しのタクシーを拾う。

193. 済んだ事は水に流そう。

194. 流れ作業で製品を組み立てる。

195. 大まかな仕事の流れを説明します。

196. 悩み多き年頃。

197. 不景気で、どこの店も閑古鳥が鳴いている。

198. 成績が伸び悩む。

199. A国の貿易額は日本と肩を並べる。

200. いろいろ御託を並べる。

201. 相手の成すがままになる。

202. なす術を知らぬ。

203. 慣れた手つきで魚を下ろす。

204. 信頼していた同僚に煮え湯を飲まされた。

205. 相手の煮え切らない態度にいらいらする。

206. 似た者夫婦。（諺）

207. 逃げるが勝ち。（諺）

208. 二人の成績、似たり寄ったりだ。

209. 群を抜く成績。

210. 濡れ手で粟。（諺）

211. 寝る子は育つ。（諺）

212. 倒産の難を逃れた。

213. 残り物に福あり。（諺）

214. 後世に名を残す。

215. 船頭多くして、船、山に上る。（諺）

216. 商売がやっと軌道に乗った。

217. あんまり調子に乗ると、痛い目に遭うよ。

218. 田中さん、ちょっと相談に乗ってくれませんか。

219. 彼は今回の計画にあまり乗り気がない。

220. こんな代物、なかなか手に入らない。

221. 物語はいよいよ佳境に入った。

222. 彼女は箱入り娘だ。（諺）

223. 家族水入らずで、正月を過ごす。

224. 恥ずかしくて、穴があったら入りたい。

225. ちょっと、一息入れましょう。

226. ちょっと小耳に挟む。

227. 今更後悔しても、始まらない。

228. 嘘つきは泥棒の始まり。（諺）

229. 今日は無礼講だ。少々羽目を外しても構わない。

230. 町外れの一軒家。

231. 彼は金に困って、挙句の果て盗みを働いた。

232. 果てしない大海原。

233. 彼の話は、果たして信じていいのか。

234. 乳離れしていない大学生が多い。

235. 彼は素人離れした文章を書く。

236. 離れに書斎を作る。

237. あなたの意見に手放しで賛成だというわけじゃない。

238. 胸襟を開いて話す。（諺）

239. 入学資格の制限を緩和して、枠を広げる。

240. 思わず耳を塞ぎたくなるようなすごい音痴。

241. 減らず口をたたく。

242. 腹が減っては、戦ができぬ。（諺）

243. 時差ボケで体調が狂う。

244. 彼はへそ曲がりだ。

245. つむじを曲げる。

246. 曲がりなりにも、家族なんとか生活しています。

247. これは紛れもなく、マンモスの牙です。

248. 彼は気まぐれな性格だから、来るかどうかわからない。

249. 彼が検定試験１級に合格するなんて、きっとまぐれだよ。

250. 彼女は負けず嫌いなところがある。

251. ちょっと高いね。負けてよ。

252. これ、この商品のおまけです。どうぞ。

253. 朱に交われば、赤くなる。（諺）

254. 彼は世界を股に掛けて活躍している。

255. このクラスは全然まとまりがない。

256. まとまった金ができたら、留学でもしようと思っている。

257. 急がば回れ。（諺）

258. 柱時計が7時を少し回ったところで止まっている。

259. 今日は、ちょっと遠回りをして帰ろう。

260. 回りくどい言い方はやめてくれ。

261. この電話、田中さんに回してください。

262. 両者の意見が空回りする。

263. 身の回りの物は、この店でほとんど間に合う。

264. 大した金もないのに、見栄を張って友人におごる。

265. 見て見ぬ振りをする。

266. 彼女は見れば見るほどいい女だ。

267. 見る見るうちに空が暗くなって来た。

268. 服装の乱れは心の乱れだ。

269. 満たされない毎日を送る主婦が不倫に走るのか。

270. 人にはそれぞれ向き不向きがある。

271. 表向きは表敬訪問だが、実際は政治的な交渉があるに違いない。

272. こんなつまらないことで、そんな向きになるなよ。

273. この柄、あなたにはあまり向かないと思うわ。

274. 最近は障害者向けの求人募集も増えて来た。

275. 骨折り損のくたびれ儲け。（諺）

276. 隣りの奥さん、出戻りだそうだけど、ほんとかな。

277. 急に気分が悪くなって、さっき食べた物を戻してしまった。

278. この件は、白紙に戻しましょう。

279. 細大漏らさずノートに取る。

280. 写真を焼き増ししてもらう。

281. 息子、最近たるんでるから、ちょっと焼きを入れた方がいいな。

282. 焼け棒杭に火が付く。（諺）

283. 冗談も休み休みにしろ！

284. あそこで雨宿りしよう。

285. 型破りな発想。

286. 揺りかごから墓場まで。（諺）

287. 貧乏揺すりをする。

288. 揺すりの罪で捕まった。

289. 寄らば大樹の陰。（諺）

290. 目尻に皺を寄せる。

291. 三人寄れば、文殊の知恵。（諺）

292. 今が君の人生の分かれ目だよ。よく考えることだ。

293. 息子に暖簾を分ける。

294. 男やもめに蛆が湧き、女やもめに花が咲く。（諺）

295. 勤め先を転々と渡り歩く。

296. 石橋を叩いて渡る。（諺）

297. 渡る世間に鬼はない。（諺）

298. 破鍋に綴蓋。（諺）

299. 犯人はなかなか口を割らない。

300. ついに１ドル100円を割った。

《プロトタイプにおける他動性について》

認知言語学の「プロトタイプ」での自他の分類は、典型的他動性のファクターをいくつか決め、そのファクターがより多ければ、その動詞は他動性が強いことを表す。例えば、他動性のファクターとして以下のものが挙げられている。

☆　動作主とその動作を受ける対象が存在すること（ウェスリー・M・ヤコブセン）

☆　動作主に意志があること

☆　動作主に対象変化の意志があること（ウェスリー・M・ヤコブセン）

☆　直接受身形が作れること（三上章）

☆　目的格助詞「を」を伴うこと（松下大三郎）

☆　自他の形態的対応があること（金谷武洋）

つまり、上記の☆マークが多ければ多いほど、他動性が強いことになる。一般に自他の形態的対応がある他動詞は他動性が強く、移動動詞や再帰動詞は他動性が弱いと思われる。

彼は激しく私を起こした。	☆☆☆☆☆	**他動性大** ↑
彼は怒って私に殴りかかった。	☆☆☆☆	
彼はこっそり私の手紙を読んだ。	☆☆☆☆	
彼は今テレビを見ている。	☆☆☆	
彼は会社を休んだ。	☆☆	
彼は私の大学合格を喜んだ。	☆	
彼は今道を歩いている。	☆	
彼は死んだ。	―	**自動性大** ↓

根據認知學所述的"典型"的分類法是先決定他動性的要素，如果其要素越多這就表示他動性越強的意思。例如：

　　☆　有動作主體和動作對象

　　☆　該動作影響對象

　　☆　動作主心裡擁有變化對象的意志

　　☆　可以作直接被動形

　　☆　有目的格的「を」

　　☆　有型態上的對應

　　就是說，上述的☆字號越多表示他動性越強。一般來說，有型態上對應的動詞的他動性強，則移動動詞和再歸動詞（自身用法的動詞）的他動性較弱。

解 答 篇

初級コース

【問題1】

1. 入れる
2. 閉める
3. 止める
4. 聞く
5. 割る
6. 燃やす
7. 流す
8. 見つける
9. 外す
10. 揃える
11. 上がる
12. 見える
13. 切れる
14. 出る
15. 消える
16. 折る
17. 落とす
18. 片付ける
19. 起こす
20. 汚す
21. 掛かる
22. 戻る
23. 下がる
24. 続く
25. 変わる

26. 始まる
27. 集まる
28. 生きる
29. 立つ
30. 届く
31. 治る
32. 当たる
33. 足りる
34. 並ぶ
35. 壊れる
36. 開ける
37. 付ける
38. 決める
39. 売る
40. 焼く
41. 残す
42. 通す
43. 倒す
44. 破る
45. 溶かす
46. 渡す
47. 増やす
48. 過ごす
49. 回す
50. 減らす

【問題2】

1. が
2. を
3. を
4. を
5. が・が
6. が
7. が
8. が
9. を
10. を
11. を
12. が
13. が
14. が
15. が
16. が

【問題3】

1. 割れて
2. 見つかり
3. 割って
4. 壊して
5. 焼いて
6. 起きて
7. 焼けました
8. 壊れて（倒れて）
9. 開きません
10. 通します
11. 倒れて
12. 溶けて
13. 渡り
14. 直して
15. 渡しました
16. 敗れて（負けて）
17. 増えて
18. 売って
19. 通して（通じて）
20. 開けて
21. 始めます
22. 汚れて
23. 汚して
24. 起こして
25. 落ちました
26. 散ります
27. 折って
28. 変わった
29. 立って
30. 折れて
31. 立てます
32. 当たりました
33. 流さない
34. 燃えて
35. 脱が
36. 生まれました
37. 並べて
38. 続いて
39. 外れて
40. 付け
41. 入れます
42. 回って
43. 届け
44. 集まって
45. 下る（下りる）
46. 続ける
47. 聞いて
48. 掛けた
49. 集める
50. 届きました
51. 合いません
52. 預かって
53. 助けられ
54. 生きる
55. 合わせて
56. 育てました
57. 揃えて
58. 終わって・済んで
59. 薦められて

60. 教えて

61. 続く（重なる）

62. 溜まって

63. 揃いません・合いません

64. 違えました

65. 貯まった

66. 縮みません

67. 捕まりました・捕まえられました

68. 伝えて

69. 伝わった・伝えられた

70. 繋がれて

71. 詰めて

72. 照る

73. 亡くなった

74. 飛んで

75. 抜いた

76. 濡れて

77. 残さない

78. 上がる・伸びる

79. 挟んで・挟めて

80. 離せません

81. 離れ

82. 冷やして

83. 塞がれて

84. 含まれて

85. なくなった

86. 流れて

87. 混ぜる

88. まとめない

89. 止められません

90. 辞めさせて

91. 寄り

92. 沸いて

93. 沸かして

94. 別れ

95. 晴れる

96. 勤めて

97. 足り

98. 切る

99. 刺されて

100. 咲いて

【問題４】

1. 切れません・切って
2. 付いた・付け
3. 売れて・売って
4. 集まって・集める
5. 直りません・直せ
6. 治り・治す
7. 壊れません・壊した
8. 汚れて・汚さ
9. 起きて・起こして
10. 変わり・変えません
11. 並んで・並べて
12. 渡る・渡して
13. 上がる・上げる
14. 下がる・下げない
15. 降りた・降ろします
16. 折れて・折って
17. 掛かって・掛けて
18. 破れ・破る
19. 決まり・決める
20. 減りません・減らす
21. 回って・回す
22. 過ぎる・過ごす
23. 増えて・増やす
24. 別れて・分け
25. 生まれた・生みました
26. 育ちました・育てる
27. 曲がる・曲げた
28. 倒れて・倒さない
29. 通って・通して
30. 残り・残して
31. 届きます・届け
32. 立ち・立てて
33. 生き・生かす
34. 戻って・戻して
35. 片付いた・片付け
36. 落ちた・落とした
37. 当たった・当てて
38. 足ります・足す
39. 見える・見て
40. 揃いません・揃えて
41. 外れます・外して
42. 流れて・流して
43. 燃えない・燃やす
44. 割れて・割って
45. 聞こえます・聞く
46. 閉まって・閉めない
47. 泊まる（泊まれる）・泊める
48. 始まり・始める
49. 気が付きました・気を付けた
50. 蒸けた・蒸かして

【問題５】
1. 開いて・閉めて
2. 止まって・なくなった
 　（なくなっている）
3. 止めない・気が付きません
4. 開けた
5. なくさない・気を付けて
6. 閉まります

【問題６】
1. 始めます・出して
2. 出る・消して・掛ける
3. 掛かっている・消えている
4. 始まる・戻ら
5. 戻す

【問題７】
1. 落として・入って・
 　見つかりました・落ちて・
 　見つけて・入れない

【問題８】
1. 続いて・過ごし・届け・
 　始まって・過ぎて・始めた・
 　続ける・届く

高級コース
【問題９】
1. 合う・合わせる
2. 上がらない・上げて（挙げて）
3. 開いて・開け
4. 明けまして・明かして
5. 預かる・預け
6. 集まって・集める
7. 甘えて・甘やかさない
8. 現れる・表わそう
9. 荒れ・荒らされて
10. 癒える・癒して
11. 浮かんで・浮かべ
12. 浮き・浮かされ
13. 移らない・移せる
14. 写りません・写した
15. 生まれた・生んだ
16. 埋まって・埋めて
17. 売れる・売る
18. 植わっている（植わった）・植えない
19. 起き・起こす
20. 収まりません・治めた
21. 折れる・折って
22. 終わる・終えない
23. 掛かり・掛けよう
24. かがんで・かがめて
25. 欠ける・欠く
26. 重なった・重ねる
27. かすみ・かすめ
28. かすれて・かすった

29. 傾きました・傾ける
30. 被さった・被せる
31. 絡まれ・絡めて
32. 枯れて・枯らさない
33. 乾いていない・乾かす
34. 覆らなかった・覆して
35. 曇って・曇らせた
36. 包まって・包められて
37. 加わり・加える
38. 肥えて・肥やす
39. 焦げない・焦がし
40. こぼれ・こぼさ
41. 凝って・凝らした
42. 壊れて・壊そう
43. 下がります・下げれ・下げる
44. 刺さった・刺された
45. 授かった・授けられる
46. 定まらない・定め
47. 冷めない・冷まして
48. 覚めて・覚ませ
49. 沈んだ・静める
50. 従って・従えて
51. 閉まりません・閉めて
52. 退こう・退けて
53. すくむ・すくめて
54. 透けて・透かさ
55. 過ぎれ・過ぎる・過ごす
56. 進め・進めました・
　　勧められません
57. すぼんで・すぼめて

58. すれた・すられて
59. 添える（添う）・添えました
60. 育つ・育てる
61. 染まる・染めた
62. 揃わなけれ・揃えなけれ
63. 倒れ・倒した
64. 絶えて・絶やす
65. 携わって・携えて
66. 立って・立てる
67. 貯まった・貯めよう
68. 垂れて・垂らす
69. 違い・違えて
70. 縮まない・縮める
71. 散って・散らして・散らかし
72. 捕まり・捕まえよう
73. 浸かって・浸けない
74. 尽きます・尽くしました
75. 付く・付ける
76. 伝わった・伝え
77. 続き・続ける
78. 勤まらない・勤め
79. 繋がり・繋いで
80. 詰まり・詰めて
81. 積もって・積む
82. 連なり・連ねて
83. 照り・照らし
84. 退き・退け・退け
85. 溶けた・溶かして
86. 整った・整えて
87. 止まら・止めて

88. 飛ぶ・飛ばされて

89. 止まりません・止めよう

90. 泊まった・泊める

91. 灯る・灯そう

92. 取れる・取らない

93. 悩み・悩まされます

94. 慣れ・慣らし

95. 匂い・匂わす（匂わせる）

96. 濁らない・濁す（濁らせる）

97. 抜けた・抜かず

98. 濡れて・濡らさない

99. ねじれて・ねじり

100. 残る・残さない

101. 延びて・伸ばせ・伸ばす

102. 入る・入れない

103. 生えて・生やす

104. 励んで・励まし

105. 禿げ・剥がして

106. 化けて・化かす

107. 弾け・弾く

108. 外れた・外して

109. 果てて・果たさ

110. 離れて・離せません

111. はまった・はめる

112. 浸って・浸した

113. 翻って・翻して

114. 広がらない・広げる

115. 増える・増やした

116. 含まれて・含んだ

117. 更けて・更かして

118. 隔たり・隔てた

119. 滅びる・滅ぼされました

120. 曲がれません・曲げない

121. 紛れて・紛らす

122. 負け・負かして

123. 跨って・跨ぐ

124. まとまりました・まとめる

125. 惑う・惑わす

126. 乱れ・乱さない

127. 満ち・満たして

128. 向いた・向け

129. 蒸れ・蒸らせ

130. めくれ・めくって

131. 燃える・燃やして

132. 戻れる・戻り・戻して

133. 揉め・揉まれて

134. 漏れた・漏らさ

135. 休まりませんでした・休めて

136. 止んだ・辞めた

137. 和らいで・和らげて

138. 茹る・茹で

139. 緩んで・緩めず

140. 揺れて・揺らさない

141. 汚れて・汚さない

142. 別れた・分けて

143. 沸いた・沸かす（沸かせる）

144. 渡り・渡して

145. 割れ・割れない・割った

【問題10】

1. 当たって・当てて
2. 改まった・改めて
3. 生きた・生かせる
4. 受かった・受かって・
   受けなかった（受けない）
5. 動かない・動かそう・
   動かせません
6. 遅れない・遅らそう
7. 落ちません・落とさず
8. 及びません・及ぼし
9. 降り・降ろされました
10. 帰って（返って）・返す
11. 隠れ・隠し
12. 片付いた・片付けない
13. 固まらない・固めた
14. 叶わぬ・適いません・叶えて
15. 変わら・変えられません
16. 消えて・消されて
17. 付きませんでした・気を付けない
18. 聞こえません・聞こう・聞ける
19. 決まらない（決まらなかった）・
    決められません
20. 切れない・切る・切らした
21. 極まって・極めた
22. くじけず・くじく
23. 崩れない・崩して
24. 砕けた・砕いて
25. 下らない・下した

26. 汚れた・汚す
27. 込まない・込めて
28. 転がっている（転がった）・
    転がして
29. 咲いた・咲かそう（咲かせよう）
30. 裂けて・裂いて
31. 焦れった・焦らさない
32. 済まない・済ませない
33. 備わって・備えて
34. 逸れて・逸らさない
35. 炊けて・炊こう
36. 助かろう・助かる・助けて
37. 建った・建てられた
38. 足りない・足して
39. 潰れない・潰し
40. 出よう・出しません
41. 通って・通らなく・通して
42. 解けず・解かれました
43. 届き・届け
44. 治る・治りません・治す
45. 直らない・直そう
46. 流れ・流されて
47. 亡くなられた・亡くして
48. 並ぼう・並べて
49. 成ろう・成れる・成しました
50. 鳴らなかった・鳴らした
51. 煮えた・煮て
52. 逃げられる・逃げて・逃がした
53. 似（合わ）ず・似せて
54. 脱げ・脱ごう

55. 寝て・寝かした（寝かせた）

56. 逃れよう・逃れられる・逃した

57. 乗らない・乗せられて

58. 挟まった・挟まない

59. 始まる・始めよう・
　　始められません

60. 晴れる・晴らして・晴らし

61. 冷えた・冷やさない

62. 吹く・吹かし

63. 塞がりません・塞ぎたく

64. ぶつかって・ぶっつけ

65. 減った・減らされて

66. ぼけて・ぼかさない

67. 交わりません・交えて

68. 混じらない・混ぜない

69. 間違って・間違えられます

70. 回りません・回して

71. 見えた・見るな・見たく

72. 見つからない・見つければ
　　（見つけたら）

73. 儲かり・儲からない・儲けた

74. 焼けた（焼けている）・焼かない

75. 宿っています・宿す

76. 破れ・破ろう

77. 歪んだ・歪め

78. 寄り・寄せられました

翻 譯 篇

初級コース

【問題1】

省略

【問題2】

1．門正開著，所以請將門關上。

2．寄信給媽媽。

3．媽媽氣得把我考試的答案給撕毀丟掉了。

4．啊！危險！快把瓦斯爐的火關掉！

5．電車開走了之後，才發現將皮包忘在電車上。

6．等大家都下了車之後，再請上車吧！

7．父親突然來電，因此嚇一跳。

8．腳傷終於好了。

9．今年的夏天我去夏威夷作了日光浴。

10．對不起，借過一下。

11．我家的母雞每天都生雞蛋。

12．公車站前有很多人在排隊。

13．找了很久的書終於找到了。

14．祖母耳朵有點重聽。

15．花朵上停著蝴蝶。

16．班上全員都到齊了。

【問題3】

1．玻璃破碎了。

2．日文書怎麼也找不到。

3．不小心打破了窗戶玻璃。

4．弟弟弄壞了鬧鐘。

5．將過去的情書燒掉了。

6．我每天早上6點起床。

7．肉烤好了。來，吃吧！

8．由於地震大樓倒塌了。

9．門怎麼也打不開。

10．穿針。

11．她突然間昏倒了。

12．由於變得暖和，因此雪溶化掉了。

13．小心過馬路吧！

14．收音機壞掉了，請人修理。

15．剛才把信交給了課長。

16．網球比賽又輸了。

17．這城市的人口一直地在增加。

18．這家店賣便宜的魚。

19．透過朋友田中先生才認識他。

20．請打開從上面算下來的第二個抽屜。

21．各位，現在開始開會！

22．衣服髒了。

23．不小心把衣服弄髒了。

24．不好意思，明天早上6點請叫我起床。

25．啊！錢掉了！

26．一到了冬天樹葉就枯黃掉落。

27．不可以折斷公園裡的樹枝。

28．紅綠燈變綠燈，就可以過馬路。

29．站起來，讓位子給老人家。

30．桌子的腳斷了。

31．在國定假日豎起日本國旗。

32．第一次中了彩券。

33．不要在這裡放水。

34．火在燃燒著。

35．進房子的時候，必須在玄關脫鞋子。

36．我在昭和30年出生的。

37．日文書好好地並排在書架上。

38．這條路延伸到遙遠的地方。

39．機械的零件彈出來了。

40．因為房間很暗，所以打開燈吧！

41. 你喝咖啡加幾杯糖？

42. 月亮繞著地球周圍轉。

43. 撿到錢的話，務必送交給報警。

44. 大家！趕快集合。要出發囉！

45. 下坡的時候，請小心腳步。

46. 我打算一輩子繼續學習日文。

47. 放假的時候，我在家裡輕鬆地聽音樂。

48. 爲了避免弄髒，書本上面最好套上書套比較好。

49. 我的興趣是收集世界的郵票。

50. 今天早上我從隻身在外工作的先生那邊收到了信。

51. 鞋子的尺寸不合。

52. 不好意思，這個行李可以寄放嗎？

53. 小孩子平安無事地被年輕人救了。

54. 很少人活到100歲。

55. 大家請搭配老師的鋼琴聲伴奏合唱吧！

56. 媽媽辛辛苦苦扶養我們。

57. 進房子的時候，請將鞋子排好。

58. 會議一結束，就鬆了一口氣。

59. 因爲學長的推薦而買了這本書。

60. 我在高中教授數學。

61. 禍不單行。

62. 因下雨積水。

63. 大家的聲音完全不合。

64. 唉！妳拿錯雨傘了！

65. 如果存到10萬圓，我打算買腳踏車。

66. 這件衣服即使洗了也不會縮水。

67. 犯人馬上在現場被抓到了。

68. 不好意思，能不能幫我轉告留言呢？

69. 漢字是在很久以前傳到日本的。

70. 狗用繩子被栓在柱子上。

71. 抱歉，請往裡面再擠一下。

72．太陽一照，就變熱。

73．因為父親過世，所以必須休學工作。

74．候鳥在天空飛翔。

75．牙一拔，就不痛了。

76．因雨淋濕了。

77．太郎！不要剩下，要全部吃完！

78．為了提升成績，今後我打算努力唸書。

79．把重要的相片夾在書裡面。

80．目光片刻也不能離開小孩子身上。

81．很危險喔！離遠一點！

82．因為今天晚上有宴會，所以先把啤酒放在冰箱裡冰起來。

83．很大的問題擋住了我的前途。

84．這個液體裡面含有13%的水分。

85．如果錢用完了，我們兩個就不能生活下去。

86．她繼承了外國人的血統。

87．將水泥和碎石和水混合的話，就可作成混凝土。

88．不趕快彙整論文，就不能畢業了。

89．喜歡抽煙，怎麼也戒不掉。

90．課長！由於我個人的問題，我想要辭職。

91．再靠近一點。

92．水開了。把火關上。

93．我要泡咖啡，請燒水。

94．老公！拜託！不要分手。

95．根據氣象預報，下午會轉晴。

96．我在市政府上班。

97．考試時間不夠，所以問題沒有解完。

98．這個機器是用來剪紙。

99．在竹叢裡被蜜蜂叮了。

100．院子裡開著菊花。

中級コース

【問題4】

1. 這塊肉太硬了，怎樣也不好切。

   首先請將肉切碎。

2. 紅燈如果亮的話，請馬上叫我。

   房間很熱耶。開個冷氣吧！

3. 這是現在本店最熱賣的商品。

   報紙在車站前或便利商店都有在賣。

4. 明天上午九點以前請在車站前集合。

   我的興趣就是集郵。

5. 小時後的習慣怎樣都改不了。

   這個鐘錶，修一下的話還可以使用。

6. 聽說今年的感冒好像很難痊癒。

   感冒要早點痊癒的話，需要攝取足夠營養和充分休息。

7. 這個盤子是塑膠製的，所以即使掉落也不會壞。

   我的電腦被弄壞了，是你幹的好事吧！

8. 桌子上面髒了，請擦一擦。

   因為剛才清掃過了，所以請不要弄髒。

9. 我每天早上八點起床。

   媽，明天七點能否叫我起床？

10. 秋天的天氣容易變化。

    課長非常頑固，怎麼樣也不改變自己的主張。

11. 百貨公司面前排著很多人。

    請將卡片依號碼順序排好。

12. 過斑馬線時，要注意來車。

    不好意思，請將這個資料交給課長。

13. 物價上漲的話，就會影響家計。

    價格調漲的話，雖會增加利益營收，但卻會流失客源。

14. 日圓若貶值的話，就會影響出口。

    若不再降價的話，就不會有人買了喔。

15. 一下了公車，請就在那兒等候。

我要卸行李，能幫我忙嗎？

16. 因強風樹枝被吹斷了。

　　不可以將公園內的樹枝折斷。

17. 房間的牆壁上掛著祖父的相片。

　　在電車裡不可以打行動電話。

18. 這張紙很強韌，怎麼也撕不破。

　　犯法就會受罰。

19. 日程決定好後，馬上跟你聯絡。

　　像這樣的大事應該要找雙親談談。

20. 雖然要減肥，但是體重怎麼也減不下來。

　　為了減少垃圾量，下了不少功夫。

21. 地球繞著太陽周圍轉。

　　按住這個把手向右一轉的話，零錢就會掉出來。

22. 一過了五十歲，視力就會衰退。

　　今年的冬天預定在夏威夷度過。

23. 最近白髮變多了。

　　本公司計畫在今年要增加十家店舖。

24. 明明去年才結婚，現在卻已經離婚。

　　將這個蛋糕分成五人份吧！

25. 我出生在九州的小島。

　　昨夜家裡的狗生了五隻小狗。

26. 我的少年時代，是在北海道的鄉下長大。

　　扶養小孩是很辛苦的。

27. 向右轉就會有間郵局。

　　老虎鉗是用來將硬物鉗住或是折彎。

28. 街邊路樹因颱風而橫倒在道路上。

　　若無法打到那個強敵，便無法進入決賽。

29. 因為家裡附近有地鐵經過，所以非常方便。

　　透過朋友而認識他。

30. 剩下來的東西有福。比喻鍋底有福，吃剩飯有福氣。（諺語）

　　不要全部吃完，預留給妹妹。

31. 用限時專送的話，兩天內就會送達。

　　搬家的話，一定要到政府單位去辦理登記才行。

32. 五個小時一直站著教課的話，腳會酸的。

　　訂定計畫後實行。

33. 在苦難的時代生存下去。

　　要海水魚長期活在一般家庭的飼養下是很難的。

34. 錢包一掉，就大概不會再回來了吧！

　　使用後請將物歸原位。

35. 這個工作告一段落，就休息吧！

　　首先先從重要的工作來處理吧！

36. 今年考試落榜的話，明年再考一次就可以了。

　　若是再有學分被當的話，明年就會留級。

37. 如果彩券中獎的話，我想環遊世界。

　　將洗滌衣物曝曬在日光下弄乾。

38. 我一天睡六個小時非常充足。

　　一加二等於三。

39. 在好天氣的日子裡，從陽台上可以看得到富士山。

　　我每天都會看晚上九點的運動節目。

40. 怎麼也聚集（招募）不到好人才。

　　整齊地排好鞋子，然後進房間。

41. 最近的天氣預報常不準確。

　　能不能把他從隊員中除名？

42. 這條河流過市中心，然後出日本海。

　　廁所使用過後一定要沖水。

43. 可燃性垃圾是一三五，不可燃性垃圾是二四。

　　燒東西就會生煙。

44. 杯子裂了，請換一個。

　　請將蛋糕分成四等份。

45. 大家能不能聽得到我的聲音啊？

　　我的興趣是聽古典音樂。

46. 今天是星期六，銀行應該關門沒開。

這台洗衣機不蓋上蓋子，就不會動。

47．在東京，我想學生可以住的便宜宿舍的設備很少。

　　　無法讓朋友住在學生宿舍。

48．音樂會馬上就要開始了。我們走吧！

　　　會議開始前要分配今天的資料。

49．被老師提醒後第一次才注意到自己的錯誤。

　　　在國外旅行時，最好要注意一下小偷。

50．肉包蒸好了，一起吃吧！

　　　餃子蒸的煎的都很好吃。

【問題5】

1．Ａ：我覺得有點冷。唉？窗戶有開著呢。

　　　Ｂ：哦，是嗎？那我去關。

2．唉？時鐘停了。可能沒電了。

3．警察：對不起，這裡是禁止停車的。不可以停車囉！

　　　Ａ：啊！對不起沒注意到。

4．『隨手關門』是用日文『ドアを開けたらすぐ閉めろ』的意思。

5．旅行的時候，請小心留意別把護照弄丟。

6．（車站月台廣播）車門即將關閉，要上車的旅客們請把握時間。

【問題6】

1．老師：那麼開始上課吧！大家，交昨天的作業。

2．媽媽：要出門的時候一定要把燈關起來，門也要鎖起來。

　　　孩子：知道了。

3．鈴木：有人在嗎？田中先生在嗎？田中先生？我是鈴木…奇怪，應該有人在，

　　　　　門卻鎖起來，燈也沒開，好像沒有人的樣子。

4．學生：啊！快上課了！我該回去教室了。

5．老師：使用完的道具一定要返回原來的地方。

　　　學生：知道了。

【問題7】

1．田中：好像在哪裡丟了錢包。

　　　鈴木：真的嗎？裡面有多少錢呢？

　　　田中：8萬圓左右，還有信用卡…

鈴木：這太糟糕了！趕快和警察聯絡比較好。

田中：是，我現在就去附近的派出所。

—隔天—

鈴木：田中先生，錢包找到了嗎？

田中：找到了！托您的福找到了。昨天我去派出所，有一位計程車司機在站前
撿到我的錢包，然後特地送到派出所給我。

鈴木：這太好了！田中先生，以後不要把那麼多的錢放在錢包裡比較好。

田中：好，我知道了。以後我會小心。

【問題8】

1.　　盛夏之際，炎熱的日子每天都持續著，您過得如何呢？我在遙遠的沖繩向遠
在東京的你問候。沖繩這裡每天都是好天氣，根據氣象局報告，昨天是氣象預測
以來最炎熱的一天。雖然天氣是這麼炎熱，我在沖繩卻可以享受東京所沒有的碧
藍天空，我真想和你一起分享。

　　時間過得真快，和你分別已經半年了。你回東京之後，我心想也必須要開始
做些什麼事情，所以上個月就開始學法語了。你也許會說我不要做自己不配做的
事情，可是既然開始學習了，我打算持之以恆起碼學習一年。到那個時候，也許
我會在夢中和你用法語聊天哦！

　　最後，我盼望著你收到這封信的時候，天氣已經漸漸地涼快了。

保重身體。

　　　　　　　再見！

高級コース

【問題9】請在下面的答案線裡，填入動詞及其變化形。

1．尺寸合不合適，請試穿看看。

由於昨天在尾牙宴會大失態，今天無顏面對上司。

2．請不要脫鞋直接進房間。

有問題的人請舉手。

3．今天是星期天，郵局沒有開。

不關窗戶睡了一覺，卻感冒了。

4．新年快樂！

徹夜施工。

5．醫生是承擔病患生命之責的重要職業。

貴重品請寄放在櫃檯。

6．明天上午九點以前請到這裡集合。

我的興趣是集郵。

7．這小孩老愛是跟父母親撒嬌。

最好不要太寵孩子。

8．這一帶時常有野生熊出沒。

他不大怎麼表達喜怒哀樂。

9．冬天乾燥的日子裡，肌膚或嘴唇都容易粗糙。

房間被小偷弄得亂七八糟。

10．戰爭所帶來的深痛傷痕，怎樣也無法癒合。

音樂能解決現代人內心的渴望。

11．怎樣都想不到好點子。

少女邊目泛淚光邊唱著歌。

12．鳥類的羽毛是容易浮在水面上的構造。

昨夜因為發高燒，連眼也沒闔過。

13．為了避免感冒傳染，一回到家後馬上漱個口吧！

所謂有行動力的人，就是會將所決定的事情馬上付諸行動。

14．在暗處若不使用閃光燈的話，是照不出來的。

這對姐妹宛如照鏡子般地像極了。

15．聽說上個星期在上野動物園裡，有小熊貓出生了。

我認為年輕時生小孩比較好。

16．這個墳墓之下，安葬著祖先的遺骨。

將適合的語句填在空欄裡。

17．為了讓商品熱賣，就放在顯眼的地方吧！

既然要賣的話，希望能全部賣完。

18．我家是在種植松樹那地方的後面。

這裡今年是休耕，所以什麼都沒種植，讓土地休息。

19．今天早上明明七點起床，卻因睡回籠覺而上班遲到。

差一點就發生車禍。

20. 有這個的話，我的心情就不平靜。

   將以前由貴族或武士統治社會的時代稱爲中世。

21. 這工作是非常費力辛苦的工作。

   不可以攀折這公園內的樹枝。

22. 上課應該要按時開始按時結束。

   今晚這工作沒完成就不能回家。

23. 這個時間電話正在佔線中，怎樣都很難打通。

   我剛剛正想要打電話給你。

24. 請蹲低一點吧！因爲看不到前面。

   老奶奶彎著腰在走路。

25. 她有點缺乏積極性。

   「衣食住」是我們生活中不可或缺的。

26. 國定假日和星期日重疊的話，隔天就會放假。

   兩國每每要三番兩次交涉才有進展。

27. 最近，不知是否上了年紀的緣故，視力老是模湖不清。

   趁著大家都沒看到的空檔時掠奪錢財。

28. 在卡拉ok唱過了頭，聲音啞掉了。

   只是稍微擦傷的程度，並不是什麼大傷口。

29. 聽了你的話之後，我有點傾向贊成的一方。

   一傾斜的話就會溢出來。請拿直。

30. 因上面有加蓋，不取下蓋子是無法使用的。

   將上司的責任讓下屬背黑鍋，這是絕對不容允許的。

31. 昨天在電車裡被酒醉的人糾纏，眞是麻煩。

   就有關剛剛部長說的意見，我想陳述我的看法。

32. 一到了冬天，樹葉就會枯黃掉落。

   不要讓庭院的花枯萎，請認眞澆水。

33. 衣服剛剛才洗好，所以還沒乾吧！

   用吹風機來吹乾手帕或襪子的話，是非常方便的。

34. 原告雖然不服判而提起上訴，但還是敗訴了。

   他突然推翻了上次的反對意見，而提出了贊成意見。

35. 天空一下子陰暗起來。搞不好會下一陣雨。

對於我的提案，他露出不滿意的臉色。

36. 路人包著厚厚外套在街上走著。
　　被花言巧語哄騙，不知不覺簽下了契約。

37. 你也要不要加入我們的旅行團呢？
　　我認為他也應該加入這個計畫案才是。

38. 由於這一帶的土地很肥沃，所以農作物的成長很快。
　　用不正當手段中飽私囊的政治家層出不窮。

39. 老公，小心！別把秋刀魚燒焦了。
　　老公，這樣燒焦的秋刀魚，就不能吃。

40. 杯子裡的水像是要溢出來了。請小心一點。
　　他不發任何牢騷，即使是不喜歡的工作也會接受。

41. 現在我迷上了編織。
　　我認為更加悉心研究比較好。

42. 由於他的發言，友好會議的氣氛被破壞了。
　　沒有想要弄壞身體而來抽煙的人。

43. 對他的認真工作態度總是感到佩服。
　　價格越降，連帶利益也會減少。

44. 聽說魚骨頭卡住喉嚨時喝醬油就可以。
　　只像是被蚊子咬的程度，怎麼有人會死這樣的事呢？

45. 這孩子是神賜給我們兩人的寶物。
　　文化勳章是授予給活躍在文化藝術等的領域裡留下顯著功績者的勳章。

46. 近二十歲左右的人，卻不好好決定自己的今後方向。
　　依憲法規定制定法律。

47. 在荣還沒變冷之前趕快吃吧！
　　這湯很熱。冷了之後請用。

48. 我由於低血壓的關係，早上即使睡醒，頭腦會暫時性不清楚。
　　你被她給騙了。趕快覺醒吧！

49. 表情不要那麼死沉，打起精神吧！
　　為了平心靜氣而作深呼吸。

50. 旅行中請遵從導遊的指示。
　　某流氓頭率領小弟坐上一台黑色賓士車。

51. 這家店因為是24小時營業，所以整天都不歇業。

開門的話請馬上關門。

52. 這個老議員怎麼也不下台。

他打敗了多數的挑戰者，連續10次保衛住了寶座。

53. 聽到了會令身體癱軟般的恐怖體驗。

人們因冷風而拱肩縮背地走著。

54. 布料太薄的話，內衣就會透明看得到。

發現敵人就放箭。

55. 隨著時間的流逝，記憶也會變淡。

夏天每年都決定在夏威夷度過。

56. 「紅色」表示停止，「綠色」表示前進，「黃色」表示注意的意思。

他打敗強敵，進入三回合戰。

57. 輪胎消氣了，恐怕是爆胎了吧！

中文的「U」是要將嘴巴縮起向前突出來發音。

58. 她的個性有點滑頭。

今天早上在客滿的電車裡，皮包被扒走了。

59. 為了符合貴公司的期望，儘可能地統籌兼顧。

世界紀錄在金牌上添花。

60. 即使父母親不在，小孩子還是會長大成人。

養育小孩是作父母親的義務。

61. 一旦誤入歧途就很難抽身而退。

最近在街上常看得到染金髮的年輕人。

62. 全員意見沒一致的話，計畫就無法實行。

全員不配合步調的話，計畫就不會順利地進行。

63. 肚子餓的咕嚕咕嚕叫，像是馬上就快昏倒。

不久飛機馬上就要降落了，請將傾斜的椅背豎直。

64. 由於地震而停止供電了。

山頂附近，即使夏天也無法杜絕火苗。

65. 在日本有多數的外籍勞工從事身體性勞力工作。

兩國必須互相攜手協力合作才行。

66. 現在站在那裡的人是田中先生嗎？

聽說會尊重丈夫的就是好妻子。

67. 若存到一千萬元，我想環遊世界一周。

今後我想每個月存一萬元。

68. 水龍頭在滴著水。

爲什麼小嬰兒會流口水呢？

69. 你知道大阪腔和東京腔的差異嗎？

扭到腳筋無法走路。

70. 這件衣服有作特殊加工處理，即使洗了之後布料也不會收縮。

抽煙的習慣只是會縮短壽命而已。

71. 由於隔壁的鋼琴聲，使精神不能集中，無法專心唸書。

比賽鐘響之前，兩選手在拳擊場上已經燃起激烈鬥志的火花。

我兒子總是把房間弄得亂七八糟也不收拾就跑出去玩。

72. 這輛電車不得已必須緊急停車，請抓好吊環或欄杆扶手。

一抓到老鼠手就被咬了。所謂的「窮鼠咬貓（意即：狗急跳牆）」正是指這件事。

73. 這國家的政治家沉浸安於現狀中。

強力的污垢若不稍微泡一下漂白劑是不會掉的。

74. 你的日文可以用一句「太棒了」來說。

全力以赴了，但無能爲力。

75. 修理完後請確認有沒有電。

對笨蛋眞是毫無辦法。

76. 基督教傳到日本是十六世紀中期的時候。

請幫我問候您太太。

77. 今天就到這裡結束。接下來的明天再繼續吧！

我打算即使結婚也要繼續做現在的工作。

78. 我認爲他不可以勝任課長之職。

雖然他已經在這家公司服務了三十年，現在卻仍是普通職員。

79. 這是關係公司續存的重大問題。

戀人情侶牽手走路。

80. 會場上由於多數觀衆的熱情，快喘不過氣來了。

請稍微往裡面走。

81. 貸款像滾雪球似地越滾越大，陷入困境。

    像這樣將行李堆高的話很危險喔。

82. 這次的事件不僅關係國內，同時也是關係到國際的大問題。

    今天的宴會裡，多數的著名人士列名一大串。

83. 盛夏灼熱的太陽無情地持續照射著。

    依照當事人今年的銷售實績來審核紅利。

84. 你站在這裡會妨礙到別人吧！請讓開一下。

    讓開！讓開！真礙事！

85. 冰融化的話就會變成水。

    請好好地攪拌，將當中的砂糖融解。

86. 他的容貌端正。

    考試之前調整好身體狀況吧！

87. 經濟不景氣不僅止於在亞洲，也擴及到全世界。

    今天就先作到簡報為止，具體內容就留明天以後再說吧！

88. 由於大拍賣的緣故，商品賣得飛快。

    田中課長在這次的人事案，被轉任到地方分店去了。

89. 新幹線的「のぞみ號」只停大站。

    想要招攬計程車，但卻被拒載。

90. 我從沒在汽車旅館過夜過。

    由於規定的關係，不可以讓當事人以外的人留宿在房子裡。

91. 當街燈亮起燈火，北國的長夜就會來臨。

    我們把心中的愛之火燃燒吧！

92. 年紀大的話，誰都自然地會變的老練圓滑。

    不要任意拿別人的東西

93. 有「痔瘡」煩惱的人，請即刻馬上撥電話03-3875-2964。

    每年一到春天，就有多數的人為花粉症而苦。

94. 人常說「學而不如熟習之」這句話吧！

    為了避免受傷，作暖身運動讓身體先適應吧！

95. 有沒有聞到什麼味道？搞不好是瓦斯漏氣哦。

    首相在預算委員會裡作了有請辭意味的發言。

96. 洗日本式澡時，為了避免弄髒洗澡水，請先將身體洗乾淨後再進澡盆吧！

日文由於語尾都不講清楚，曖昧不明的表現很多。

97. 沒氣的啤酒完全不好喝。

請不要洩氣地加油努力。

98. 好像下過雨的樣子。因為道路是濕的。

這機器很怕水氣。請絕對不要弄濕。

99. 他個性有點乖僻。

繫頭巾穿和服短掛抬神轎。

100. 沒工作就不能留在公司。

請全部吃完，不要留剩。

101. 預定的到達時間因事故而延後了一個小時。

頭髮越長整理起來越麻煩。

102. 進房間時請脫鞋。

我喝咖啡不加糖。

103. 一到青春期，男生就會長鬍子。

蓄鬍也是男性時尚流行的一種。

104. 上課中他總是拼命做其他事。

傳遞鼓勵的話語給奧運代表選手。

105. 聽說有白髮的人不易掉髮，這是真的嗎？

撕下那傢伙的假面具。

106. 剛拿到的薪水全部拿去買賽馬彩票了。

狐狸能變成人類什麼的，僅只是傳說吧！

107. 平底鍋的油飛濺出來燙傷手腕。

這個皮包不沾水，表面有做防水加工。

108. 我家位在稍微遠離馬路的閑靜地方。

有重要的話要談，可否請您稍微離席呢？

109. 連續兩天熬夜，真是身心俱疲。

他不盡自己責任，光會批評別人。

110. 彼此雖分離而居，但卻同心。

這小孩是個淘氣的孩子，視線一刻也不能離開。

111. 我不想成為老古板的人。

我不大喜歡戴戒指。

112. 現在再沉浸於過去的回憶也沒有用了。

    被火燒燙傷的話，最好馬上浸水。

113. 屋簷的鯉魚旗受風而在五月的晴空裡飄揚。

    對方推翻了之前的主張而露出了讓步的姿態。

114. 為了防止傳染病再擴散，政府應該採取緊急對策。

    年輕時要拓展視野，最好當志工或是留學。

115. 日本中小型都市的人口不要說是增加了，反而正在減少中。

    若是再增加人手，就會變赤字了。

116. 這只是主體東西的價格，不含消費稅。

    帶有濕氣的大氣層，隨著氣流上升後形成雲不久後就會變成雨。

117. 已經夜深人靜，請關小電視音量收看。

    學生時代常常與朋友暢談人生到天亮。

118. 兩者之間，至今在許多點仍存有隔閡。

    隔著太平洋的對岸是美國。

119. 地球總有一天也會有滅亡的命運吧！

    1185年平氏被源氏滅亡。

120. 這裡禁止右轉，所以不往右拐。

    不要彎腰，請挺直站好。

121. 趁著地震後的忙亂趁火打劫。

    排遣寂寞，到公園去散步。

122. 他比賽總像是快輸的樣子，結果卻贏得勝利。

    他打敗並列的強敵，進入了決賽。

123. 坐摩托車時要好好地跨坐。

    曾經聽說若跨過書腦筋就會變差的迷信。

124. 剛剛雙方的話終於談妥了。

    歸納剛剛的話，大概是這樣。

125. 第一次的單身生活，應該有很多令人困擾的地方吧！

    無法刊載令消費者困惑的誇大不實廣告。

126. JR列車時刻表的混亂情況，預計明天早上會恢復正常。

    別弄亂隊伍，請陣列而行。

127. 她結婚洋溢著幸福的臉。

你不符合本校的應試資格，所以無法申請。

128. 高興的話，請到我家來玩。

　　銷往日本的主要輸出品就是腳踏車和電子零件。

129. 這個房間又熱又悶。

　　冷飯再蒸的話就會變得好吃。

130. 風太強，裙子像是被捲起來。

　　大家請翻到下一頁。

131. 分類成可燃垃圾和不可燃垃圾吧！

　　燃起鬥志以應比賽。

132. 可以回到過去的話，我想再次回到年輕時代。

　　用畢後請歸回原位。

133. 我不喜歡爭執。

　　他飽嚐人間辛酸，變得更加堅強。

134. 這次沒被錄取的人，下次請再來報名。

　　將老師的講義字句不漏地來作筆記。

135. 今天從早上一直有客人來，心情完全無法安定。

　　大家，請稍微放下手邊工作，休息一下吧！

136. 雨雖停止卻仍吹著強風。

　　即使現在辭職，也不會有好的工作。

137. 盂蘭盆節一過，早晚就會些許涼起來。

　　美國軟化了以往的強橫姿態，表現出柔性的態度。

138. 由於連日滾燙般的酷暑，農作物遭受到很大的傷害。

　　剛煮好的水餃很好吃。

139. 考試結束了，因此精神也鬆懈了。

　　明天的考試請不要鬆懈，要努力加油。

140. 啊！這不是地震嗎？現正在搖晃中。

　　現在正在寫字，所以請不要搖晃桌子。

141. 由於這件衣服便宜，即使弄髒了也沒關係。

　　剛剛才擦拭過的，所以請不要弄髒。

142. 五年前和前任情人分手之後就再也沒見過面。

　　即使使用地毯式的搜索也要找出犯人。

143. 水滾的話請馬上將火關掉。

　　使觀眾為之瘋狂的超棒演技。

144. 原本在車站等計程車，由於朋友經過就送我一程。所謂「正想過河船就來」正
　　是指這件事。

　　社長說要我把這個文件交給你。

145. 這個杯子，看似容易破但卻怎樣也破不了。

　　所謂「水割り」就是指將威士忌酒加水稀釋的意思。

超級コース

【問題10】 請在下面的答案線裡，填入動詞及其變化形。

1. 聽天由命。碰碰運氣！

　　我看起來像是幾歲啊？猜猜看。

2. 敬語在正式場合裡經常被使用。

　　讓我鄭重介紹。這位是……。

3. 留學的話可以學習到生活用語。

　　我想從事能活用自己技術的工作。

4. 他假裝有考上的樣子，事實上根本沒有考上。

　　這次的地震是任何地方都無一倖免於受災害的大地震。

5. 要拍照了喔。請不要動。

　　想要搬動鋼琴卻因太重而無法搬動。

6. 為了不落於人後，拼命地跟著走。

　　若交期再延遲，事情就會變很嚴重。

7. 今天的會議上，他的發言實在令人無法理解。

　　請不要洩氣努力加油。

8. 我的日文能力遠不如你。

　　他的調職會對公司帶來不好的影響。

9. 馬上就要抵達大阪了。要下車的乘客請注意不要忘記東西。

　　他因為成績不彰，所以被社長免掉營業課長的職位。

10. 回歸初學狀態，再一次從頭開始吧。

　　不好意思，但我方沒有責任。

11. 事已至此，我不會逃也不會躲。隨便你要怎樣。
　　地震的受災害者因爲屢次發生的餘震無法掩藏住不安。

12. 我以爲終於收拾好房間，接下來卻又要打掃廁所。
　　不先處理完這項工作的話，是無法進行下一步的。

13. 請不要集中在一起，分開坐吧！
　　你也年紀大了，早點結婚比較好。

14. 終究這戀愛是無法成功的戀愛。
　　在力氣上，女性是比不上男性的。
　　我讓你實現願望吧！

15. 他一如往昔準時上班。
　　親子間的羈絆是什麼都無法取代的。

16. 我最討厭你了，趕快在我眼前消失。
　　老師的聲音被學生的底下私語給蓋過，無法上課。

17. 非常不好意思，沒有注意到。
　　夜間一人獨行若不注意的話，是很危險的。

18. 聲音太小聽不到。請再說一次。
　　小澤征爾的演唱會，在這樣的鄉下的地方，即使想聽也相當不容易聽得到。

19. 今天的會議無法決定的情況下，明天開會再議。
　　由於上司不在，我一個人的話是無法決定的。

20. 想斷絕又斷絕不了的緣分就叫作「孽緣」。
　　眞是死到臨頭的壞蛋。裝不知道要裝到什麼時候？
　　煙抽完了，要去外面買。

21. 感動之極，不知不覺哭了出來。
　　田部井淳子是1975年女性第一次登上埃佛勒斯峰山頂的人。

22. 即使失敗也別沮喪，請加油努力。
　　助弱挫強的正義夥伴，原子小金剛！

23. 這衣服有做特殊加工處理，即使洗了之後也不會變形。
　　請把這一萬元鈔換成千元鈔。

24. 像「食べちゃう」這樣的縮約形，在簡易說法的情況下經常被使用。
　　將複雜的問題淺顯易懂地說明。

25. 這公寓再怎麼便宜也不會少於一億元吧！

我拉肚子或牙痛的時候，祖母一定會跟我說吃正露丸。

26. 所謂「みそぎ」就是在河川或大海將已污濁的心清洗乾淨之意。
    幹了那樣的事來敗壞家風，簡直豈有此理。

27. 趁著路上還沒擁擠時，趕快出門吧！
    這是我誠心為你所做的菜。

28. 這不是到處都有的東西，與眾不同的。
    他在泡沫經濟時期轉賣土地，創下一筆財產。

29. 聽說龍爪花是開花之後才長出葉子。
    再次東山再起吧！

30. 這個秘密即使裂了嘴也不洩漏。
    這個事件將兩個人挑撥離間了。

31. 聽你說日文，真叫人不耐煩。
    別那麼叫人著急，快告訴我。

32. 鬧出了這樣的事，一定不會就此簡單了事吧！
    沒完成作業之前，不可以看電視。

33. 他具有出眾的領導能力。
    為了以防萬一，先買個保險吧！

34. 離了話題，不好意思。
    請不要岔開話題。

35. 飯煮熟了也不要馬上打開鍋蓋，稍微再蒸一下子吧！
    沒有米就煮不成飯。

36. 他有沒有得救，與我無關。
    現在幫助他並不算是為他好吧！

37. 由於家門前建了高樓，日照變差了。
    聽說這寺廟建於大約1000年前。

38. 要到日本留學，我認為一年五十萬日幣是完全不夠的。
    2加3絕對不會等於6。就是說，你的主張一點都沒有邏輯性。

39. 不論再怎麼一流的公司，絕對沒有所謂不會倒閉的保障。
    我絕對不是為了消磨空檔而學習日文。

40. 正想出門的時候，朋友打了電話來。
    他不大把自己的感情表現在臉色上。

41. 不論走不走這條路，都會到達目的地。

   對不起，借過一下。

42. 最後的問題怎樣都解不了，很困惑。

   他因為這次的貪污事件，被解了大臣的職位。

43. 商品收到後馬上打電話連絡。

   客人您所買的商品是要直接帶回還是由我們幫您送到府上？

44. 這樣不注重健康，即使會好的病也好不了。

   所謂精神科就是治療心理疾病的地方。

45. 所謂「雀百まで踊り忘れず」就是從小的習慣改不了的意思。

   他絕不糾正自己的錯誤。

46. 不要抗拒時光之流逝，請以自然的形式活下去。

   順應時勢安閑地過下去。

47. 聽說昨天貴公司社長過世了，是真的嗎？

   失去母親後才第一次了解她的偉大。

48. 不論隊伍多麼擁擠，媽媽不大怎麼想排隊。

   書架裡的書整整齊齊地排著。

49. 雖然想當律師，但是沒那麼簡單就能當上。

   他在經濟高度成長時期投資不動產而成功，成就了巨大的財富。

50. 今天早上7點設定好的鬧鐘沒響，於是睡覺睡過頭了。

   他是在政治界長年揚名於鷹派的大政治家。

51. 菜煮熟的話，請放入調味料。

   他是個軟硬不吃的傢伙。真是拿他沒輒。

52. 能逃就逃看看！

   逃跑掉的獵物很大。

53. 這次的新人雖然可愛，人卻不符外表，說話倒是蠻不客氣的。

   這是模仿而做成的東西。並非是真品。

54. 這鞋子由於尺寸大，容易脫掉。

   助他一臂之力吧！

55. 他不管睡著醒著，滿腦子都在想著賺錢的事。

   這葡萄酒是擺了30年的頂級酒。

56. 因為我是日本人，即使想要跳脫出日本人的價值觀，卻不是一件簡單的事。

一旦錯過這個機會，大概不會再有第二次了。

57. 深夜女性最好不要獨自一人搭計程車。

又聽信他的花言巧語上了當。

58. 說話請不要吞吞吐吐的。

請注意不要讓板窗夾到手。

59. 日本的新學期在每年的幾月份開始呢？

議長不來的話，即使想要開會也開不成。

60. 由於最近一直都是好天氣，明天也一定會是晴天。

這怨恨要消除也消除不完。

61. 洗完澡再配上冰涼啤酒，感覺好的不得了。

夏天時為了不讓腹部受涼，我都會纏上腰布睡覺。

62. 他對周圍人好像若無其事的樣子，按自己的方式來生活。

在等紅綠燈的時候，空踩油門是浪費汽油的。

63. 對最近的他的行動目瞪口呆。

令人想要掩耳般的悲慘新聞。

64. 碰上困難也不會挫折。

未經排練就突然上演。

65. 體重即使稍微減少了也不要放心。之後是很重要的。

上個月遲到了三次，薪水被砍了5000日幣。

66. 他的話總是沒抓住要點。

說話不要含糊，請說清楚。

67. 平行線永遠不會相交。

促膝會談。

68. 嚴格檢查以杜絕不良品混入。

若不用小火好好攪拌的話就會焦掉。

69. 拜託你，千萬不要失禮於對方。

我在馬路上走路時常常會被誤認為伊朗人。

70. 因借款而債台高築，困愁不堪。

這個收音機不論怎麼調轉旋鈕，聲音不會變大。或許已經壞掉了。

71. 以前從我家的二樓可以時常看得到富士山。

當別人叫你不要看時反而會想看，則是人之常情。

72. 私房錢藏在家長絕對找不到的地方。

你也快點找個好對象才好。

73. 這買賣好像會賺卻沒賺到錢。沒那麼簡單！

他把玩股票所賺來的錢全部捐給孤兒院了。

74. 有沒有烤熟，請嚐一下味道。

不烤熟透到裡面的話，是沒辦法吃的。

75. 這佛像上寄寓著祖先的靈魂。

所謂「子種を宿す」就是懷孕的意思。

76. 被女朋友甩掉，變得自暴自棄。

如果違反了和客戶的契約，事情就會變很嚴重。

77. 糾正你這小子心術不正的本性。

這次他的貪污事件是扭曲市民善意的行為。

78. 你是有點右傾思想的人。

針對這節目，很多收視觀眾的抗議信蜂擁而至。

習慣用語コース
（這個單元是以自他動詞為主的日本人常用的習慣用語和諺語）

【問題11】

1. 你的話真是前後矛盾。

2. 今天可真倒了大楣。

3. 因連日下雨，生意清淡了。

4. 由於怯場演講得很不理想。

5. 暈船快要吐了。

6. 對那傢伙束手無策。

7. 這場口角由我來調停。

8. （訓練狗時）握手！換一隻！等一下！

9. 夏天吃生鮮食物會容易中毒。

10. 現在還有仙人跳嗎？

11. 笨槍手，打多了也會碰巧。（諺語）比喻熟能生巧

12. 這次的考試結果慘不忍睹。

13. 引世人注目。

14. 承蒙好意，我就拿一個。

15. 暴風雨前的寧靜。

16. 嶄露頭角。

17. 這個計畫要馬上實行。

18. 葉落歸根。

19. 最近女明星Ａ的艷聞變少了。

20. 天生的才能。

21. 養育之恩大於生育之恩。（諺語）

22. 烏鴉窩裡出鳳凰。（諺語）

23. 船到橋頭自然直，車到山前必有路。知難行易。（諺語）

24. 我跟他合得來。

25. 以牙還牙，針鋒相對。（諺語）

26. 早起有益，早起的鳥兒有蟲吃。（諺語）

27. 你到哪裡摸魚了？

28. 就算跌倒，總忘不了撈一把。（諺語）

29. 作文字化打工。（聽寫工作）

30. 這樣的話我忍不住火氣。

31. 與有婦之夫搞婚外情。

32. 智者千慮必有一失。（諺語）

33. 他的話有很多令人納悶的地方。

34. 這段話有打諢結尾語；收場要噱頭。（這句話有笑點）

35. 您不必客氣。

36. 下霜。

37. 「食衣住」在日常生活上深深的紮了根。（落實）

38. 如果雙方遷就讓步的話，馬上就可解決。

39. 他的口譯能力是有口碑的。

40. 實在是太遺憾了。

41. 往回走。

42. 與世長辭。

43. 覆水難收。（諺語）

44．以笑來掩飾難爲情。

45．部長根本不把我的意見當一回事。（只當耳邊風）

46．人不可貌相。〔諺語〕

47．毫不隱瞞地一五一十都說出來。（你要坦白交代；老實招認）

48．藏頭露尾／駝鳥心態〔諺語〕

49．孩子們正在玩捉迷藏。

50．他理解力很強。

51．三番兩次給您添麻煩。

52．將25年一手拉拔大的女兒嫁出去。

53．所謂「Husky Voice」就是沙啞的聲音。

54．不打不相識。〔諺語〕

55．不禁喜極而泣。

56．填鴨式的教學方式是不好的。

57．這麼熱可受不了。

58．嫁禍給對方。（冤枉對方）

59．昨天才剛說完要戒煙，言猶在耳今天又抽煙了。

60．他是個怪人。

61．百里不同風，千里不同俗。／一個地方一個樣。〔諺語〕

62．（口令）立正！稍息！

63．他在政治界是以精明強幹的政治家而聞名。

64．求教是一時之羞，不問乃是終生之恥。〔諺語〕

65．聽如天堂，見如地獄。／耳聞是虛，眼見是實。〔諺語〕

66．比想像中還強的強敵。

67．員工旅行？我不會去的。還用說。

68．鮫島先生，你今天的領帶眞相配。

69．1美元打破低於100日圓。

70．你裝好人要裝到什麼時候。

71．將方向盤右轉。

72．等得不耐煩。

73．首先開口的是他。

74．他腦筋很靈活。

75. 極盡奢華的裝飾品。

76. 寫簡草字。

77. 對方不改其強硬的態度。

78. 不必端正跪坐。

79. 從週末開始好像要變天了。

80. 自明治維新至今已137年了。

81. 打架真是無聊，快別打。

82. 顛覆常識的主意。

83. 他說話不著邊際。

84. 這次的商業談判，趨勢看來不佳。

85. 我這後生晚輩忝居末座，加入了組閣。

86. 天真無邪的小孩。

87. 他品嘗美食，很講究口味。

88. 他遍覽眾多美術作品，培養鑑賞力。

89. 吃苦當吃補。

90. 為愛情而身心焦慮。

91. 學生時代，我是吊車尾（跟不上大家）。

92. 精巧周密的計畫性犯罪。

93. 凝目而視。

94. 肩膀痠痛。

95. 這件衣服是姐姐穿舊給我的。

96. 非常高興（眉飛色舞）。

97. 請騰出10分鐘給我好嗎？

98. 再三叮囑不要把公司的秘密洩漏出去。

99. 說曹操曹操就到。（諺語）

100. 我沒做被人在背後指指點點的事。

101. A政治家的賄賂案件的騷動還未平息下來，又發現了B政治家的貪污案。

102. 老而從子。（諺語）

103. 入鄉隨俗。（諺語）

104. 他的生活態度很散漫。

105. 他體格結實。

106. 拒絕誘惑的堅強意志。

107. 有浮水印的新紙鈔。

108. 過猶不及。（諺語）

109. 過了喉嚨就忘了熱／比喻好了傷疤就忘了痛。（諺語）

110. 今天早上不小心睡過了頭。

111. 對這段相親興趣缺缺。

112. 本店的推薦菜就是這道菜。

113. 已經過去的事情再後悔也沒用了。

114. 這不是用錢就能解決的問題。

115. 他是馬屁精。（他巧言令色）

116. 他著手玩股票。

117. 稍微離開視線的空檔，小孩就不見了。

118. 竟然全部都遲到，眞是的！

119. 借來的錢一毛不差，歸還給人家了。

120. 教育重於門第，英雄不怕出身低。（諺語）

121. 沒了父母，子女也會長大成人的。（諺語）（兒孫自有兒孫福）

122. 有備無患。（諺語）

123. 京都人講究穿，大阪人講究吃。（諺語）

124. 住宿費不還。

125. 這位政治家和女明星的誹聞不斷總是沒完沒了。

126. 她不論心情再不好，總是笑容滿面。

127. 提出援助解圍。

128. 黃金白銀，不如一技在身。（諺語）

129. 話要看怎麼說，說的不好就會得罪人。

130. 創立台灣事務所。

131. 車子在十字路口進退不得。

132. 對部下的屢次犯錯感到生氣。

133. 後悔莫及。（諺語）

134. 這個問題太難了，我完全做不了（沒輒）。

135. 水鳥飛走時不弄濁其所棲之地。／比喻結束離開時，必須整理乾淨。（諺語）

136. 身爲一國的首相，發言應該要愼重。

137. 垂涎（流口水）。

138. 身負如此重責大任，實感惶恐不安。

139. 部長的話總是令人摸不著頭緒。

140. 臨陣磨槍也無濟於事。

141. 看到自己的學生活躍，是身為一個教師最感榮幸之事。

142. 今天不論做什麼都不順利。

143. 我也終於時來運轉了。

144. 不義之財理無久享。（諺語）

145. 現在買的話是買貴了。

146. 捨小異以就大同。（諺語）

147. 盡是看到學生的缺點。

148. 這家店能賒欠。

149. 暑假貪玩的代價 現在應驗臨頭了。

150. 平常吃不慣的東西若一吃的話，就會拉肚子。

151. 連續打了三次噴嚏。

152. 這種錯誤不值一談。

153. 在咖啡廳打發時間。

154. 在找到固定職業之前先打零工。

155. 盡人事而聽天命。

156. 這樣我的臉全丟光了。

157. 像哲學那樣無法多方運用，你到底有什麼打算呢？

158. 這禮拜的預定排得滿滿的。

159. 難題堆積如山。

160. 貨物裝卸方便的卡車。

161. 到現場去累積經驗。

162. 道路的兩側商店並排林立。

163. 小孩們的爭執，父母不要插手管。

164. 突出的椿會被打。比喻樹大招風。（諺語）

165. 非常渴望地想要得到手。

166. 對女性會動武的男性，絕對不能原諒。

167. 自始至終都要講理。

168. 他的聲音響徹宏亮。

169. 路過的人幫助了我。

170. 怎麼也無法融入新的環境。

171. 向政府機關提出遷出申請。

172. 自作自受。（諺語）

173. 在父母親看不到的地方作壞事。

174. 這場裁員潮不知何時才會停止。

175. 與這件事有關係的人，不單單只有他。

176. 觀眾奚落喝倒采。

177. 飛蛾撲火，自取滅亡。（諺語）

178. 闖出大禍來。

179. 跳一行看下去。

180. 從清水寺的舞台縱身往下跳的心情。比喻要下很大的決心。
    破斧沉舟，孤注一擲的決心。（諺語）

181. 飛快高超的技藝，俐落的手法。

182. 計算還沒捉到的狸皮，比喻打如意算盤，指望過早。（諺語）

183. 他很會取悅上司。（他很會討上司的喜歡）

184. 從前拿過的杵柄。比喻從前學過的本領尚未忘記。（諺語）

185. 早點去卡位。

186. 拜託你開心點好嗎！

187. 看別人的樣子來改善自己的樣子。比喻藉他人來矯正自己。
    引以為借鏡。（諺語）

188. 立正！敬禮！禮畢！

189. 笨蛋永遠都是笨蛋。（諺語）

190. 這家咖啡廳播放背景音樂。

191. 大理石的流理台。

192. 沿街招攬計程車。

193. 過去的事就隨水流逝吧。／過去的讓它過去吧！

194. 一貫作業的方式組裝成品。

195. 說明概略的工作流程。

196. 煩惱多的年紀。

197．由於不景氣，每家店的生意都很蕭條。

198．成績沒有明顯進步。

199．A國的貿易額和日本並駕齊驅。

200．廢話連篇。

201．百依百順（唯命是從）

202．一籌莫展。

203．用熟練的動作將魚處理。

204．他被信賴的同事出賣害得很慘。

205．對於對方的曖昧不明態度感到焦躁不安。

206．夫妻的性格興趣相似，或是性格興趣相似的會成為夫妻。（諺語）

207．三十六計走為上策。（諺語）

208．兩個人的成績類似相近。

209．成績出眾，出類拔萃。

210．用濕手抓栗米。比喻不勞而獲。（諺語）

211．能睡的孩子會長得健康。（諺語）

212．逃過破產的危機。

213．剩下來的東西有福。比喻鍋底有福，吃剩飯有福氣。（諺語）

214．留名於後世。

215．船老大太多，船會爬上山。比喻領導人多反而誤事。
　　　掌舵人多，口雜礙事。（諺語）

216．生意總算步上了軌道。

217．太過得意忘形就會倒大楣哦。

218．田中先生，是否可以跟您參與商量一下好嗎？

219．他對這次的計畫不怎麼感興趣。

220．這樣的東西很難到手。

221．故事漸入佳境。

222．她是個深居閨房足不出戶的大小姐。（她是千金小姐）

223．全是自家人團聚過新年。

224．太丟臉了，有洞的話真想鑽進去。

225．稍微歇一會兒吧！

226．無意中聽到。

227．事到如今後悔也沒用了。

228．說謊是作賊的開始。（諺語）

229．今天的聚會不拘大小虛禮，稍微輕鬆自在一些無所謂。

230．遠離市區單門獨戶的房子（透天厝）。

231．他為錢所困，弄到最後卻行竊。

232．無邊無際的大海。

233．他的話果真能相信嗎？

234．還沒獨立自主的大學生很多。

235．他會寫頗專業的文章。

236．離開主房另建書房。

237．對你的意見並非百分之百贊成。

238．敞開胸襟暢談。（諺語）

239．放寬入學資格的限制，將範圍擴大。

240．令人不知不覺會想塞住耳朵的超級音痴。

241．嘴硬死不認輸。

242．百死敢當，一餓難忍。

243．因時差沒調回來，身體狀況出毛病。

244．他性情乖僻。

245．發牛脾氣。

246．勉勉強強全家人過日子。

247．這是真正的長毛象的象牙。

248．因為他的個性反覆無常，所以不知道他到底要來還是不來。

249．他檢定考一級合格，一定是僥倖偶然。

250．她有不服輸的性格。

251．有點貴呀。算便宜一點好嗎！

252．這個是此商品的贈品，請收下。

253．近朱者赤，近墨者黑。（諺語）

254．他活躍在整個世界。

255．這個班級完全亂七八糟。

256．如果有一大筆錢，我想出國留學。

257．欲速則不達。（諺語）

258. 掛鐘在過7點多的地方停住了。

259. 今天繞遠路回家吧！

260. 請不要拐彎抹角地說話。

261. 請將電話轉給田中先生聽。

262. 雙方的意見都白忙一場。

263. 日常的生活用品，在這家店幾乎都有。

264. 明明沒有多少錢，卻故作虛榮宴請朋友。

265. 有看到卻裝做沒看到的樣子。

266. 她是令人越看越喜歡的女孩子。

267. 很快的，天空暗了下來。

268. 服裝的雜亂就是心中的紊亂。

269. 每天過著不滿足自己生活的家庭主婦，會發生外遇的情況嗎？

270. 人各有適應和不適應的。

271. 表面上公開說是致意訪問，但實際上一定有政治上的交涉。

272. 不要為了這種雞毛蒜皮的事來動怒當真嘛！

273. 這個花紋，我覺得不合適你。

274. 最近針對身心障礙者的徵人招募多起來了。

275. 費力反招不是，徒勞無功。（諺語）

276. 隔壁的太太聽說是離了婚現住在娘家，這是真的嗎？

277. 突然覺得很噁心，把剛剛吃下的食物都吐出來了。

278. 這件事就讓它回原點吧！

279. 巨細靡遺地作筆記。

280. 請人加洗照片。

281. 兒子最近很鬆懈渙散，稍微教訓一下比較好。

282. 舊情復燃。（諺語）

283. 少開玩笑！

284. 就在那裡躲雨吧！

285. 與眾不同的構想。

286. 比喻國家一輩子保障國民的生活之意。（英國、北歐的社會保障制度的標語）

287. 坐時腳不停抖。

288. 以勒索敲詐的罪名被抓。

289. 大樹底下好遮陰。（諺語）

290. 皺起眼角下的魚尾紋。／ 睞著眼睛笑。

291. 三個臭皮匠，勝過一個諸葛亮。（諺語）

292. 現在是你的人生關鍵。必須要好好考慮。

293. 允許兒子用同一字號開業。

294. 鰥夫生蛆蟲不乾淨，寡婦清潔如花開。

　　鰥夫乏人問津，寡婦易受男人讚揚。（諺語）

295. 工作地方輾轉而到處奔波。

296. 叩打石橋看是否安全後才過。表示太過慎重，過於小心。（諺語）

297. 世上沒有鬼那樣的惡人。比喻社會上也是有好人的。（諺語）

298. 破鍋都有適合它的蓋子。比喻破鍋配破蓋，才子配佳人。（諺語）

299. 犯人怎麼也不老實招來。

300. 終於 1 美元打破低於100日圓。

【参考文献】

● 「動詞の自他」須賀一好・早津恵美子著　－ひつじ書房－

● 「認知言語学」大堀壽夫著　－東京大学出版会－

● 「自動詞・他動詞、使役、受身」日本語文法演習ボイス

　　安藤節子・小川誉子著　－スリーエーネットワーク－

● 「世界の言語と日本語」角田太作著　－くろしお出版－

● 「日本語に主語はいらない」金谷武洋著　－講談社選書メチエ－

※　この著書のイラストは、国際交流基金日本語国際センターが作った

　　「みんなの教材サイト」の内容から一部を転載して作りました。

　　この場を借りて感謝の意を表します。

【著者紹介】

副島勉（そえじま　つとむ）

台北永漢日語日本語教師（1996～2005）

長崎ウエスレヤン大学非常勤講師（2006～）

E-mail：tsutomu110329@yahoo.co.jp

【 著 作 】

《自動詞與他動詞綜合問題集》	2013年 – 鴻儒堂(三版;共著)
《詳解日本語能力測驗１級２級文法》	2006年 – 鴻儒堂(再版)
《類義表現１００與問題集》	2008年 – 鴻儒堂(再版)
《やさしい敬語学習》	2012年 – 鴻儒堂

盧月珠（LU. YUEH-CHU）

現任東吳大學日本語文學系專任副教授

E-mail：yuehchu@mail.scu.edu.tw

【 著 作 】

《自動詞與他動詞綜合問題集》	2013年 – 鴻儒堂(三版;共著)

國家圖書館出版品預行編目資料

日本語檢定考試對策．初級-高級，自動詞與他動詞
綜合問題集 / 副島勉，盧月珠共著． ── 初版． ──
臺北市 ： 鴻儒堂，民94
　　面 ； 　公分
參考書目：面
ISBN 978-957-8357-72-3(平裝)

1.日本語言-問題集 2.日本語言-動詞

803.1022　　　　　　　　　　　　　　　94013500

日本語檢定考試對策
初級～高級
自動詞與他動詞綜合問題集

定價：250元

2005年（民94年）　8月初版一刷
2013年（民102年）　1月改訂版一刷
本出版社經行政院新聞局核准登記
登記證字號：局版臺業字1292號

著　　　者：副島勉·盧月珠
發　行　所：鴻儒堂出版社
發　行　人：黃　成　業
門市地址：台北市中正區漢口街一段35號3樓
電　　　話：02-2311-3810／傳　　真：02-2331-7986
管　理　部：台北市中正區懷寧街8巷7號
電　　　話：02-2311-3823／傳　　真：02-2361-2334
郵政劃撥：0 1 5 5 3 0 0 1
E-mail：hjt903@ms25.hinet.net

本書凡有缺頁、倒裝者，請逕向本社調換

鴻儒堂出版社設有網頁，歡迎多加利用
網址：http://www.hjtbook.com.tw